나의 아름다운 내일에게

나의 아름다운 내일에게

고단한 하루 끝에 쉼표 하나

김유영 에세이

Booksgo

안녕하는 마음

하루하루 열심히 최선을 다해 사는 것 같은데 인생이 재미없고 억울하게 느껴진다. 이유 없이 걱정과 불안이 몰려오고 사는 의미와 목적도 점점 희미하게 옅어져만 간다. 불 꺼진 방이나 아무도 없는 곳에서 남몰래 흐느껴 울거나 절망의 한숨을 짓거나 삶이 힘들다고 불안하게 하루하루를 좌절하며 보내고 있지는 않았는지 모르겠다.

미친 듯이 빨리 돌아가고 변해 가는 세상이다. 첨단 문명으로 복잡해진 생활 속에서 우리는 자신만의 울타리를 치고 살아간다. 숨 가쁘게 변화무쌍한 인생살이에 쫓겨,

고요하게 인생이란 무엇인가를 사색할 마음의 여유조차 갖지 못한다. 자기 주위를 돌아볼 여유조차 없는 게 지금의 현실이다. 앞만 보고 향하여 달리는 것도 좋지만, 때로는 다른 곳에 서서 유연한 마음과 여유로운 마음으로 가고 있는 나와 방향을 살펴볼 필요도 있다.

첫 번째 책을 출간한 지 5년이란 세월이 흘렀다. 매년 한 권씩 5권의 책을 냈으며, 5년 동안 많은 변화가 있었고, 어느덧 오십이란 나이에 접어들었다. 그런 가운데 지금은 뜻하지도 않은 강연과 심리 상담사의 일까지 하면서 바쁘게 지내며 열심히 살아가고 있다. 다행히도 나만의 긍정 루틴을 통해 지치지 않고 자신을 잃지 않으며 건강하고 즐겁게 그리고 의미 있게 살아 내고 있다.

이번 책은 100일 동안 그리고 하루 한 편 나에게 선물하는 쉼과 행복을 담았다. 그동안 써 왔던 책들 속에서 쉼과 휴식, 힐링을 주는 내용을 추렸고 약간의 수정도 더했다. 책 속의 글을 통해 자신은 물론 몸과 마음을 돌아보는 시간을 가져 보길 바란다. 지금 자신이 가고 있는 길과 지금 어디를 향해 어떻게 달려가고 있는지를 살펴보면 절대 무의미하지는 않으리라 생각한다.

늘 걱정과 고민 속 불행으로만 보이는 일상에서 여러분의 마음 안으로 포근하고 따뜻한 쉼과 휴식 그리고 위안과 힐링을 주는 따뜻한 책으로 다가갔으면 한다.

마음이 허물어졌을 때 그 황폐한 곳에 쉼과 휴식을 주어 힐링으로 이어지기를. 다시, 긍정과 희망의 의지를 세워 건강하고 행복하게 일어설 수 있는 터닝포인트가 되기를. 그리하여 인생에서 중요한 것을 놓치지 않고 살아가기를 바라는 마음뿐이다.

항상 행복할 순 없겠지만 가끔은 가던 걸음을 잠시 멈추고 자신을 돌아봐야 한다. 멈춤의 기회에서 나를 숨 쉬게 하는 것과 나를 살게 하는 것을 찾아보는 귀중한 시간이기를 바란다. 지친 이에게는 바람 한 줄기로 닿고, 마음 시린 이에게는 한 줌의 볕으로 다가갔으면 좋겠다.

여러모로 지치기 쉬운 몸과 마음에 자신과 마주할 고요한 쉼의 시간을 내어 주자. 지금이 바로 그 시간이다.

겨울이 오는 길목에서 따뜻한 진심의 마음을 담아

건강과 행복 즐거움과
미소를 전하는 마법사

김유영

1장

그래도 괜찮은 당신

2장

그래도 괜찮은 마음

1장

그래도
괜찮은   당신

살아 있음을

당신의 발걸음이 어디로 향하는지 모르지만
잠시라도 가던 걸음을 멈추고 생각에 잠겨 보세요
당신 참 바쁘게 살고 있지 않나요?
잠시만이라도 눈을 감고
쉬어가는 것도 나쁘지 않을 겁니다

당신의 마음이 어디를 향해 있는지 모르지만
잠시만이라도 향한 마음을 멈추어
비우는 시간을 가져 보는 것은 어떨까요?

가만히 잔잔하게 마음을 느끼고 음미해 보세요

공기, 바람, 소리, 내음, 숨, 쉼, 숨결, 사랑, 자유, 평안
눈을 떠 보면 기쁨이 더할 나위 없을 겁니다

마음 점검

눈을 감고 지금 현재 내 마음 상태를 점검해 보자. 어떠한가?

흔들림 없는 평안하고, 평온한 그리고 고요한 마음이라면 그것이 행복이다.

그 행복한 마음을 유지하기 위해선 지극한 노력과 훈련이 필요하다. 자신만의 명상과 묵상 그리고 수련 과정을 통해 마음속의 고요함과 행복함을 유지하기 위해 제일 우선시 되어야 하는 것은 무엇일까?

바로 '사랑하는 마음'이다.

사람의 사랑에서부터 자연과 대지의 사랑 그리고 온 우주에의 무한한 사랑의 마음이 행복으로 이끌어 준다.

당신의 앞날에 무한한 사랑과 행복 그리고 평온하고 고
요한 마음이 함께하길 소망하며.

나만의 속도

천천히 느리게 가고 싶습니다.

나만의 속도로 말이지요.

내 삶의 목적지가 어디인지는 몰라도 가는 동안, 나는 주변의 모든 것들을 음미하며 가고 싶습니다.

한 걸음 나아갈 때마다 달라지는 세상, 그 세상의 숨소리 하나라도 빠뜨리고 싶지 않습니다.

삶의 끝, 그곳이 어디인지는 모르겠으나 나는 될 수 있는 한 천천히 느리게 가고 싶습니다.

그곳으로 가는 내 과정이 바로 내 삶이니 지금 하는 일 하나하나가 모여 내 삶의 전체를 이루기에 굳이 급하게 가지 않으렵니다.

한 세상 음미하며 즐기며 가렵니다.

느림의 행복을 몸과 마음으로 느끼며 가렵니다.

천천히 느리게 음미하며 가는 길에는 사람과 세상 그리고 인생이 보입니다.

마음의 응시로
나를 만나는 시간

　심호흡과 더불어 온 마음과 정신을 집중하여 나를 들여
다본다.

　내가 느끼며 익히 알고 있던 내가 아닌 변질되어 있지는
않은지의 또 다른 나를 보려 한다.

　있는 그대로의 나를 담담한 시선으로 읽어 내려 한다.

　조금 흐른 시간에도 몸과 마음속에 찌든 때와 묵은 때가
쉬이 생겨나기 때문이다.

　그래서 가끔 내 마음을 들여다볼 필요가 있다.

　오염되지 않게 내 안의 나의 모습과 마음에 찌든 때와
묵은 때도 닦아 줘야 한다.

　이번에는 늘 해 왔던 방식이 아닌 조금은 색다른 방법으

로 바라보려 한다.

담담한 시선으로 있는 그대로의 나를 바라보고 응시하려 한다.

그리고 마음으로 만나 보려 한다.

마음으로의 바라봄으로 내 안의 나와 지금의 나를.

지금의 나와 내 안의 나가 만나 서로를 마음속으로 바라보고 응시하다 보면, 스르르 깨끗한 알몸의 느낌과 같이 깃털처럼 가볍고, 가을 하늘처럼 청명하게 맑아지고 깨끗해져 옴을 내 안의 나는 느낄 수가 있다.

몸과 마음 그리고 정신까지 물처럼 투명하고 공기처럼 명료해져 있는 나를 다시 일깨워 본다.

마음은 가끔
쉼이 필요하다

사람의 마음이 어떤 크기나 모양인지 알 수만 있다면 좋겠다. 그림이나 퍼즐 조각 맞추듯 이 마음 저 모양, 저 모양 이 마음을 빈자리 곳곳에 끼워 맞출 수 있을 텐데…. 하지만 안타깝게도 그럴 수 없는 것이 우리의 마음이다.

지구촌의 수십억 명이 각각의 모습만큼이나 각양각색의 마음을 가진다. 지금 이 순간에도 수천수만 가지 생각이 떠오르는데, 그 바람 불어 흔들거리는 갈대 같은 마음을 한 곳에 머물게 한다는 건 쉬울 수도 어려울 수도, 가능할 수도 불가능할 수도 있으리라.

사람으로 인해 상처받고 아파했던 그런 마음을 따뜻하고 포근한 가슴 한편에 안주安住하게 해 보련다. 그렇게 되면 마음은 한결 부드럽고 온화해져 마음속에 씨앗처럼 뿌리내리겠지.

마음은 생각과 판단, 행동과 말 등으로 인해 씻을 수도, 지울 수도 없는 상처와 모진 아픔의 트라우마 등도 겪게 된다. 그런 힘들고 지친 마음을 가끔은 보듬고 어루만져도 주며 잘 달래 주기도 하자.

마음에도 가끔은 쉼이 필요하다.

늘 다른 아침

아침은 누군가에게는 희망의 아침이지만, 누군가에게는 두려움의 아침이기도 하다.

지금 한번 주위를 둘러보자.

숨 가쁘게 바삐 움직이는 사람들,

저마다의 다양한 세상의 소리,

정처 없이 넋 놓은 사람들의 표정,

휴대폰 삼매경 속 위험에 빠진 사람들,

이런 상황이 우리의 현재이자 일상이다.

오늘도 휴대폰의 세계에 빠져 눈 앞에 펼쳐진 생생한 실사를 놓치며 살고 있지는 않은지.

생각에 빠져 눈이 있어도 볼 수 없고, 귀가 있어도 들을 수 없네.

잠시 눈을 감고 편안하게 심호흡을 해 보자.

시간과 공간의 매트릭스 세계에서 벗어나 우리가 창조한 세계를 맛보자.

당신은 지금, 당신의 생각과 의지대로 살고 있는지.

아니면 세상의 규칙에 따라 그저 그렇게 살고 있는지.

세상의 생생함을 못 본채 언제나 그렇듯 이유와 목적 없이 그렇게 흘러가고 있지는 않은지.

세상을 느끼고, 바라보며 자신의 시각과 생각으로 삶을 살아가는 지혜가 필요한 시기는 아닌지.

지금 나를 바라보는 시간을 가져 보면 어떨까?

나만의
거룩한 시간

누구에게나 하루라는 시간이 주어진다. 그 주어진 시간을 적절하게 이런저런 일을 하며 살아간다.

삶에서 시간을 사용한다는 의미와 그 시간 안에 들어 있는 삶의 굴곡들의 치열함을 생각해 보면, 나 자신만의 시간은 얼마나 되고 주어지는지 묻지 않을 수 없다.

시간과 관련한 수많은 책들이 범람하지만, 과연 올바른 시간의 사용법을 제대로 활용하고 있는지.

아니면 흘러가는 시간에 맡겨 버리진 않는지.

이런 생각의 겨를도 없이 지금도 시간은 무정하고 무심하게 가 버린다.

언제, 어느 순간에 생을 마감할지 알 수 없는 우리 삶이다.

일주일에 단 한 시간 또는 몇 시간만이라도 오롯이 나만의 시간을 가지며 사는 이가 몇이나 될까?

그래서 나는 주말이나 휴일 동안에 큰일이나 약속이 없는 한 온전한 나만의 시간을 갖는다.

그 시간만큼은 온전히 나에게 내어 주고 할애하는 시간을 갖는다는 것만으로도 위로와 휴식이 되어 준다.

선물 같은 시간이다.

그동안 묵혀 두었던, 쌓아 두었던, 숨겨 두었던, 잊고 지냈던, 챙기지 못했던 것들을 생각해 끄집어내어 풀 수 있도록, 털어낼 수 있도록, 챙길 수 있도록 고심할 수 있는 소중한 시간이다.

다음 한 주의 시간이 다가왔을 때, 그 생각하고 고민했던 것들을 살피면 후회나 반성하는 일이 없게 하기 위함이기도 하다.

나 자신을 돌아볼 수 있게 하는 거룩한 시간이기도 하다. '나만의 시간'은 살아 있음의 이유이자 생각하고 사유하며 살아가는 인간 본연의 삶의 이유이기도 하다.

그리고 몸과 마음에 정신적 여유를 가질 수 없고, 평화로움을 누릴 수 없는 현실 속에서 나만의 시간을 가짐은 삶에 활기를 불어넣어 주고 충전시켜 주기 때문에 에너지

넘치는 삶을 살 수 있게 해 준다.

이제 '나만의 시간'을 오롯이 느끼고 즐겨 보자.

어제가 오늘이 그리고 내일이 달라진다.

나만의 꿈을 향한
속도와 믿음

한 걸음 한 걸음
뚜벅뚜벅
천천히 그리고 묵묵히
느리더라도 나의 보폭으로 꾸준히 가다 보면 닿을 그곳
언젠가는 반드시 다다른다
생각하고 꿈꾸는 그것과 그곳에

정직한 나를
만나는 길

날마다 정신없이 흘러가는 하루, 당신은 오늘도 안녕하신지요?

그러한 삶 속에서 가끔 문득, '나는 잘 살아가고 있는가?'라는 질문을 던져 보기로 합니다.

어제의 나, 오늘의 나 그리고 내일의 나를 정직하게 만날 방법에는 나를, 하루를, 일과를 돌아보는 글쓰기가 있습니다.

오늘 나의 하루를 되짚어 보고, 생각과 감정을 살펴보며 머릿속에 엉켜 있는 수많은 생각들을 정리할 방법입니다.

지금까지 꾸준하게 십수년을 해 왔던 하루를 돌아보는 글쓰기를 통해 얻은 것이 있다면, 생각의 틀이 잡히면서

문제의 원인과 해결 방안을 스스로 깨달을 수 있게 되었다
는 것입니다.

하루를 마감하는 시점이나 잠자리에 들기 전 몇 분 정도
만 꾸준하게 할애한다면 심리적 안정과 정신 건강에도 도
움을 줄 것입니다.

내용은 어떠한 것이라도 좋습니다.

오늘 자신이 한 일이나 인상적이었던 일, 새롭게 배우거
나 느낀 점, 기분 좋았던 일, 실수한 일, 미안했던 일, 감사
했던 일, 고마웠던 일, 축하할 일 등 아무것이라도 써 보길
권합니다.

처음에는 서툴지만, 단 한 줄이라도 오늘부터 자신의 삶
을 매일 기록으로 남겨 보길 바랍니다.

그리고 습관화해 보세요. 몸과 마음이 점점 건강해지는
느낌, 삶과 사람을 사랑하는 정직한 자신을 만나실 수 있
습니다. 자기 삶의 깊이를 더 깊고 넓게 자각하길 원한다
면 말입니다.

날마다
정신없이 흘러가는 하루,

당신은 오늘도 안녕하신지요?

나만의
매력 찾기

　사람은 누구나 저마다의 좋은 점과 나쁜 점, 장점과 약점을 가지고 있다.

　나쁜 점과 약점은 보완해 나가고 좋은 점과 장점은 적극적으로 살려 자신만의 고유한 매력으로 키워 나간다면 더할 나위 없을 것이다.

　그러나 자신이 지니고 있는 좋은 점과 매력을 본인 자신도 잘 모르는 이들이 많다. 설령 안다고 해도 어떻게 해야 할지를 모르거나 아예 자신이 지니고 있는 매력을 끄집어내어 나타내기를 꺼리는 이들도 적지 않다.

　누군가와 이야기를 나누다 보면 성향이나 스타일 등을 알게 되어 깜짝 놀라는 순간을 마주하곤 한다.

하지만 정작 자신 안에 내재되어 있는 매력을 잘 알지 못한다.

그런 매력을 끄집어내어 당당하고 떳떳한 자신으로 살아가길 바라고, 인생길에서 긍정적인 반전의 효과를 누려보았으면 싶다.

누군가가 일깨워 주기를 바라지 않고 스스로가 자신을 알려하고 그것을 잘 찾아내어 활용할 수 있다면 더할 나위 없이 좋지 않을까?

매력은 내가 느끼고 알고 있는 나와 타인이 느끼고 생각하는 나의 모습이 공통된 그것과 일치되어 결과로 나타나는 것이다.

당신의 매력은 무엇인지 알고 있는지?

지금 한번 찾아보면 어떨까?

사려 깊어질 때

이 세상 모든 것에는 적당한 때가 있는 것 같다.

어두울 때가 있으면 빛이 비칠 때가 있으며,

거친 바람이 불 때가 있으면 잔잔할 때도 오고,

비바람이 몰아쳐도 결국엔 맑은 하늘이 드러난다.

고생할 때가 있으면 쉴 때도 있듯이

밤이 깊어 가면 곧 새벽이 올 것을 안다.

그러니 지금의 괴로움이 영원할 것으로 생각하지 않아야 한다.

외로움과 고독을 어떻게 받아들이느냐에 따라 한 사람의 삶에 생각의 사고와 깊이 그리고 통찰을 가져다준다.

인간은 누구나 다 외롭고 고독한 존재다.

그런데도 그 순간을 잘 활용한다면 더욱 깊고 깊은 사려의 마음을 갖게 된다.

외로움과 고독이 찾아올 때가 삶에 있어 가장 사려 깊어질 때다.

집중하고
음미하며

하루의 일과를 시작하고 진행하며 마무리하는 과정에서
의 집중과 깊은 음미.

이는 하루하루를 살아가는 우리의 삶에 있어, 살아 있음
의 소중함과 일할 수 있음의 즐거움 그리고 그 속에서 부
대끼며 사는 여러 모습에서 살아간다는 것의 진정함을 일
깨워 준다.

그 긴 시간 속에서 집중하지 않고 음미하지 못하며 정신
없이 바쁘게만 살아가다 보면 놓치기 십상인 살아감 속의
지혜도 놓치게 된다.

현재에 집중하고 전체를 음미하며 살아갈 줄 아는 사람
일수록 즐겁고 여유로운 행복한 삶을 살아간다.

살아감 속의 음미에는 그 어떤 보물보다도 귀한 혜안과 통찰의 깊은 뜻이 숨겨져 있다.

맛있게 식사하는 것과 같이 인생 전반을 맛나게 잘 살아가는 비결은 집중해서 음미하며 사는 것에 있다.

목표 설정의
복기

사람이라면 누구에게나 그 어떤 목표가 있다.

그렇지만 그런 목표도 가끔은 바쁘고 힘든 일상 속에 부딪히며 살다 보면 잊기도 한다.

목표를 잃어버렸을 땐 급격하게 피곤함과 의욕저하와 더불어 삶의 무력감도 느끼게 된다.

그래서 가끔 목표한 그 일을 왜 하는지 초심도 생각해 보아야 한다.

그래야 잊어버리지 않게 되고 잊지 않게 된다.

목표 설정의 굳센 마음 또한 돌아보면 피곤함과 의욕저하의 마음이 들지 않게 된다.

목표를 세우고 내 삶에 그 어떤 변화를 반드시 불러오겠다고 수시로 점검해 보길 권한다.

그러면 목표한 그것은 알아서 찾아올 것이다.

마음속에 목표가 있다고 인지하고 각인되어 있다면 힘들고 지칠 때도 힘이 난다.

그리고 그 힘으로 살아가면 된다.

복기復棋를 습관화하면 늘 몸과 마음의 에너지가 충만해진다.

마음은
방하착처럼

'집착하는 마음을 내려놓아라. 마음을 편하게 가져라.'

바로 방하착放下着의 뜻이다.

어떤 상황에서 매번 얽히고설키곤 하는 온갖 번뇌, 망상, 갈등, 스트레스, 원망, 집착, 욕망 같은 것들.

이를 홀가분하게 내려놓고, 놓아 버리며, 내버림으로써 그 비운 마음에 평온이 찾아온다는 의미다.

태어났을 때 그리고 죽을 때 아무것도 가지고 온 것도, 가지고 갈 것도 없음을 알아야 한다.

없으면 당신이 만족하는 만큼 벌면 되고, 있으면 나누고 또 나누면 된다.

세상사에 결국 내 것은 없다.

내 몸과 마음에

가끔 내 몸과 마음에 미안할 때가 있다.

내 몸과 마음을 내 마음대로 사용하는데 무슨 미안함을 느끼냐고 할 수도 있다.

그러나 내 몸이라고 내 마음이라고 허투루 사용한다면 내 몸과 마음을 병들게 하는 것이고, 궁극에는 제어하기 힘든 상태의 몸과 마음이 되고 만다.

내 몸과 마음은 그 누구의 것도 아니다.

잠시 빌려 쓰는 것이다.

그리고 온전하게 되돌려 주어야 하는 의무가 우리에겐 있다.

건강한 몸에 건강한 정신이 깃든다.

공짜로 누려 왔던 인생의 굴곡진 시간과 함께한 내 몸과 마음에 고마움과 미안한 마음을 전한다.

마음과 정신에도
건강검진을

가끔은 타인의 눈으로 나를 보고, 나의 눈으로 타인을 관찰하듯 바라본다.

그런 나의 모습에서 어리석음과 현명함 그리고 드러나지 않은 부분까지 찾아내어 생각해 본다. 미흡하고 부족한 점은 없는지, 만약 있다면 언행일치의 마음가짐으로 살펴본다.

자기 절제와 통제 능력의 여부.

주변의 사람들에 눈치 보지 않는 꾸준함과 성실함.

어떤 사람들과 만나고 어울리며, 말과 행동은 일치하는지.

용기와 끈기, 의지와 지조는 지녔는지.

즐겨 하는 것과 임기응변의 기지도 지녔는지.

올곧음과 청렴성도 반듯한지.

일과 사람을 대하는 자세는 어떠한지.

나쁜 버릇이나 취향은 없는지도 살펴본다.

'내가 알고 있는 나'와 '다른 이가 바라보는 나'와는 차이가 있다.

그러므로 인간관계에서 발동하는 심리적인 요소들에 반응하는 나를 살펴보면서, 객관적 본연의 모습이 변질되지 않았는지 살펴보아야 한다.

마음과 정신에도 가끔 정기적인 건강검진이 필요한 이유다.

있는 그대로
바라보기

바라봅니다.

들여다봅니다.

생각합니다.

느낍니다.

이해합니다.

공감합니다.

직시합니다.

그리고 이해하는 것과 온전하게 안다는 것의 미묘한 깊이의 차이에서,

있는 그대로의 그것을 찾아내는 투명하고 맑은 마음을 찾길 바라며.

당신 또한

가끔씩 생각이 많아지고 곁의 누구도 힘이 되지 않아 외로울 때가 있지만, 나만이 아닌 누구나 다 그렇다는 사실을 잊지 말자.

때로는 내 사람 같은 친구도 나를 이해하지 못하고 함께 살아온 가족조차 당신을 쓸쓸하게 할 때도 있지만, 사실은 마음 깊이 사랑하고 있다는 사실만은 잊지 말자.

그런 중에 금쪽같은 시간을 쪼개어 나의 안부를 물어 오는 이가 있다면 그것만으로도 당신은 충분히 행복한 사람이다.

걱정으로 매일의 벅찬 삶에서 나를 생각해 준다는 게 얼마나 따뜻한 일인지. 우울해지거나 불안해지고 마음이 심란해 눈물이 난다 해도 누군가 나를 위한 안부를 묻고 있다는 걸 잊지 말고 슬퍼하거나 괴로워하지 말자.

그런 나는 많은 사랑을 가진 존재라는 사실을 절대 잊지 말기를 바란다.

우리는 그 누구나 사랑스러운 존재이며, 그것을 나눌 수 있어야 비로소 사랑을 느낄 수 있다.

대자연 속 쉼

정신없이 앞만 보고 내달리는 일상에서 쉼과 휴식은 필요하면서도 부담되는 행위이기도 하다. 어쩌다 휴식이 주어져도 제대로 쉬는 사람을 찾기란 매우 어려운 게 현실이다.

진정한 쉼을 위해서는 집착과 갈망을 끊어 내고 자신을 성찰할 수 있어야 한다. 숲에 들어가 보면 편안하고 포근한 마음이 들고, 바다를 가만히 바라보면 마음은 바다처럼 넓어진다. 그렇게 몸과 마음이 함께 쉬어야 진정한 쉼이 되는 것이다. 멀리 떨어진 것에 집착하다가 현재를 놓쳐 버려선 안 되듯이 나의 몸과 마음에도 가끔씩 쉼의 시간을 주어야 한다.

휴대폰은 우리에게 편리함을 주었지만, 어느새 우리의 일상을 지배하고 있다. 여행을 가서도, 맛있는 음식을 앞에 두고도 휴대폰을 손에서 놓지 못하고 쉬러 온 이유를 망각하고 만다.

그런 우리가 바로 지금, 여기를 온전히 느끼는 것이야말로 진정한 휴식이라 할 수 있을 것이다.

지금 우리들의 휴식 방법은 업무의 연장과 다름없다.

멀리 떨어진 것에 집착하다 보면 지금과 나를 잃어 버리게 된다. 이것이 바로 몸과 마음 모두 쉬게 해야 하는 이유다.

드넓은 바다를 보듯, 숲을 느끼고 향기를 맡고 있으면 마음이 청정해지듯 지금의 소중한 나에게 집중해야 한다.

진정한 쉼과 휴식의 방법은 사람이 나무에 기대어 숨을 깊게 들이쉬고 내쉬는 모습을 표현한 휴식休息이란 글자 자체에서 해답을 찾을 수 있다. 대자연 속에서 걷고, 눕고, 음미하면서 몸과 마음에 휴식을 취해 보면 알 수 있다. 그러고 나면 본연의 해맑은 모습의 미소를 찾게 된다.

자연의 품에서 스스로 마음자리를 돌아보는 그것이 바로 쉼이자 휴식이다.

마음은

가끔 쉼이 필요합니다

나를 바라보는 시간을

가져 보면 어떨까요?

세상을
바라보는 시선

긴 시간 살아온 세상임에도 나름의 열정으로 그려 오던 미래가 흐려지고 가혹하게 느껴지고, 스스로가 무능하게 느껴지며, 눈을 뜨면 한숨만 나오는 하루의 시작이 무겁기만 하다.

씻고 나서야 하는데 이불 밖으로 나서기조차 싫고, 출근할 생각을 하면 가슴이 답답하여 깊은 한숨만 뿜어댄다. 세수를 하다 바라본 나의 어두운 표정과 부쩍 늙어버린 거울 속 나의 모습을 보니 처량하다.

출근길에서도 일 걱정, 사람 걱정, 앞날의 걱정이 꼬리에 꼬리를 문다. 나는 잘하고 있는 것인지 언제부터인가 동료들의 시선도 신경 쓰인다.

'나중에 나는 무얼 하며 먹고 살까? 나는 정말 지금 이대로 괜찮을까?' 삶을 좇아 바쁘게 살다 보니 의식하지 못했는데… 마음은 지치고, 불편하고, 한숨만 늘고 어깨는 축 처진다.

그런 당신이 힘든 이유는 부정적인 시각으로 세상을 바라보고 있기 때문이다. 억지로 좋게 생각하려 하지 말고, 억지로 나쁘게 생각하려고도 하지 말자.

우리네 삶은 희극도 비극도 아닌, 때로 기쁘고, 슬프고, 절망하고, 행복하며 특별한 감흥이 없는 일상들이 그 사이사이를 채우는 것이다.

감당할 수 없는 슬픔에 지친 날에도 구름은 아름다웠고, 노을은 아련했으며, 달과 별은 밝게 빛나고 반짝였을 것이다.

지금까지 묵묵히 이를 악물며 버텨온 자신을 안아 주고, 다시 일어설 수 없을 것 같은 절망을 넘어 다시 일어선 자신을 보듬어 주자.

당신은 언제나 괜찮았고, 지금도 괜찮으며, 앞으로도 괜찮을 것이라 믿어 의심치 않는다.

집착하지 말자

고민과 걱정, 고통과 아픔은 집착으로부터 비롯된다. 집착한 것에서 벗어나 시간이 지난 후 돌이켜 보면 그때의 집착이 큰 의미가 없음을 뒤늦게 알고 후회한다.

인생무상이라는 말은 덧없다는 뜻이기도 하고, 허무하다는 뜻이기도 하며, 세상의 모든 것이 부질없이 헛되다는 뜻이기도 하다. 인생이 무상하다는 말의 의미를 깨닫기 어렵지만, 나이가 들어 가면서 자연스럽게 그 깊은 의미를 서서히 알아 가고 있다. 왜 인생은 허무한 것일까?

우리는 모두 결국 죽기 때문이다. 이 세상에서 죽음보다 더 공평한 것은 없다. 죽음은 모든 것을 미련 없이 내려놓고서 황망하게 이 세상을 떠나는 길이다.

그렇다면 살아 있는 동안 그 무엇에도 집착하지 않고 베풀고, 나누며 그 어떤 미련이나 후회가 없도록 원 없이 사랑하며 사는 것이 어떨까? 비록 인생은 허무할지라도 삶은 후회없이 행복하도록 말이다.

흘러간
시간 속에는

흘러간 시간이 무엇을 의미하는가.
보이지 않는 것과 보이는 것의 상처들,
무엇을 해야 할지 몰라 헤매던 어리석음,
어울려 산다는 것의 진정한 의미,
이 모든 것들이 흘러간 세월에 녹아 있다.
그 속엔.
기쁨과 슬픔도 있었다.
불행과 행복도 있었다.
사랑과 이별도 있었다.
절망과 희망도 있었다.
죽고 싶었으나, 살고도 싶었다.

산다는 건 지금도 앞으로도 이것들과 동행하는 것이다.

그 속에 우리가 찾는 무엇들이 있다는 것을.

당신 곁에 있는, 당신이 찾는 그 무엇이.

쉼의 시간

몸과 마음이 지치게 되면 스트레스가 동반되어 사소한 일에도 예민해져 짜증이 나고 과민 반응을 보이게 된다.

그렇게 되면 가족은 물론 주변 사람들과도 충돌이 발생하고 얼굴을 붉히는 일이 자주 일어나게 된다.

결과적으로 보면 자신의 감정을 통제하거나 제어하지 못해 발생하는 경우가 대부분이지만, 그 밑바닥에는 자신도 모르게 지쳐 있는 몸과 마음, 정신에서 기인하는 것이다.

생존과 치열한 경쟁 속에서 지치기 쉬운 현실임에 수시로 쉼의 시간을 주어 몸과 마음 그리고 정신을 가다듬고 버리고 비우는 시간을 가져야 한다.

만일 그대로 내버려 두게 되면 심란한 마음과 함께 감성
또한 메말라 버려 정신적으로도 피폐해진다.

우리 삶에 쉼의 시간은 윤활유와도 같으며, 메마른 대지
에 내리는 단비와도 같다.
몸과 마음을 촉촉하고 편안하게 하여 활기찬 마음을 가
지도록 해 준다.
여유롭고 넉넉한 심리 상태가 되어 자신의 현 상태를 돌
아보며 삶을 활력 있고 긍정적으로 살게 이끌어 준다.
쉼의 시간을 가지면 지치거나 우울증에 빠지는 것을 예
방할 수 있다.

쉼의 시간은 건강한 몸과 마음을 갖도록 해 주는 보약을
먹는 것과 같다.

성장하는

마흔 살 이후부터 생애 전환기가 온다고 한다.

어렸을 때의 성장과 배움에는 의심이 없었다.

알아야 하는 것과 배워야 하는 것의 가치에만 중점을 두었다.

그 뒤 나이가 들어 마흔 살이 넘으면 드는 의문점이 있다.

내 안의 수많았을 가능성에 대한 궁금증이 들게 되는 것이다.

배워서 알았던 것들의 진짜와 가짜를 구분해 내는 것에서 낯선 나와 대면하게 될 때 비로소 진짜 자신과 만나게 되는 것이다.

논어에서는 마흔을 '쉽게 유혹당하지 않아 판단을 흐리는 일이 없는 나이'라고 했다.

반대로 보면 이제는 다 아는 나이가 되어 다른 사람들의 이야기를 듣지 않고, 세상의 빠른 변화를 잘 받아들이지도 않는다는 것인데, 나이가 들어서도 경계해야 할 부분이 바로 이 고착화이다.

이미 몸과 마음 그리고 정신까지 습관화된 이후인 마흔에 들어서면 생활습관을 고치기란 여간 쉽지 않다.

마흔 살이 되기 전에는 제멋대로 살다가 마흔 살이 넘으면 문득, 기력이 쇠퇴한 것을 느끼고 깨닫게 된다.

자식들도 커 가면서 술과 담배 등을 줄이거나 끊고, 먹는 것과 건강의 중요성을 찾게 되고, 노후의 삶을 대비하고 준비하게 된다.

나이가 들면 더욱더 생생한 궁금증들과 마주하고 대면하게 된다.

진짜 나의 모습, 그 낯선 모습과 대면하게 되면 성장하는 어른이 되는 것이다.

성장하는 어른이 되기 위해선 끊임없이 낯선 자신을 찾

으려 해야 한다.

　덩그러니 낯선 자신의 진짜 모습을 만나게 되면 가슴한
편에 서늘한 기운이 느껴질 것이다.

내 몸뚱이에게

늘 바쁜 일상에서 나에게 주어지는 쉼과 여유의 시간은 얼마나 될는지.

한 주를 시작하고 열심히 나름의 일을 하고 난 뒤 찾아오는 쉼과 여유의 시간.

또다시 뭔가를 해야 하고, 배워야 하며, 어디론가 가야만 하는 소중한 그 시간.

세상이 나를 그렇게 이끄는 것인지, 현재의 삶이 나를 그렇게 움직이게 하는 것인지, 나의 일정 문제인지는 모르겠지만, 다들 각자 나름의 이유가 있을 테지만,

그 어떤 이유로 인해 내 몸에 피로가 쌓이는 것은 좋지 않음을 모르는 이 없을 테지만,

그런데도 바쁘게 움직여야 하는 이유에 대해 한 번쯤 생각해 보아야 하지 않을까?

더불어 왜 쉼과 여유의 시간을 가져야 하는지도 돌아보아야 하지 않을까?

그 무엇 때문에 그러는지 말이다.

휴일에도 예외 없이 쉼과 여유 없는 삶에,

피곤한 내 몸에게 가끔은 미안함도 얘기하고, 힘내라고 토닥거려도 주고,

맛있는 것도 먹어 주고, 즐거움도 주며, 평안함도 주고, 힐링할 수 있는 쉼과 여유의 시간을 내어 주자.

언제나 고생하는 내 몸뚱이에게 고마움을 전하며.

2장

그래도
괜찮은   마음

격려의
말 한마디

오래전 춥고 배고팠던 시절,

가족의 정다운 웃음소리 그리고 따뜻한 밥 한 그릇이 나에게는 꿈과도 같았다.

남들은 평범하다고 생각하는 삶을 벗어난 상황에서, 총알의 파편처럼 마음 한구석에 오래도록 지울 수 없는 상흔처럼 기억되는 그 시절,

그때는 누군가의 따뜻한 말 한마디가 그립고 또 그리울 따름이었다.

"괜찮아, 오늘도 수고했어!"

이런 누군가의 격려와 위로의 말 한마디면,

정말이지 온 세상을 다 가진 듯 행복할 것 같다고 생각

했었다. 그때는 그랬다.

그렇지만 그것은 나의 바람일 뿐, 늘 차디찬 현실과 홀로 마주해야 했다.

떳떳하고 당당하게 살려 애쓰고 온 힘을 다했건만,

결과가 늘 원했던 것만큼 나오지 않아 실망하고 좌절할 때에도 그 누구의 위로 한 마디 들을 수 없었다.

그저 애써 나 자신을 다독거릴 뿐이었다.

아픔을 홀로 오롯이 이겨 내며 따뜻한 위로와 말 한마디의 격려가 그 어떤 물질적 보상보다 값지게 다가온다는 사실을 깨달았기에,

힘겹고 버거운 오늘을 온 힘을 다해 살아가는, 아니 살아 낸 이들에게 힘주어 이 말을 전한다.

"고생하셨습니다."

"오늘도 수고한 당신이 최고입니다!"

나를 위해
한 잔

한 주를 별탈 없이 잘 보내어 한 잔.

하루하루를 열심히 잘 살아 내어서 한 잔.

많은 이들과 좋은 이야기를 나누고 긍정의 에너지를 나누어 기특해서 한 잔.

때로는 힘들지만 잘 버텨 내고 있어서 한 잔.

늘 모든 상황에서 배우려고 애쓰는 마음에 한 잔.

사람을 사랑하는 마음에 살짝 취해 한 잔.

그리고 닫혀 있고 쓸쓸한 누군가의 아픈 마음에 위로의 한 잔 건네련다.

여름이 주는 맛

　뜨거운 태양 아래 땀과 끈적끈적함으로 뒤덮인 온몸.

　이를 닭살 돋게 식혀 주고 몸을 상쾌하게 해 주는 에어
컨과 선풍기 그리고 부채 바람.

　삼삼오오 모여 참외며 커다란 수박을 쪼개어 나눠 먹는
달달한 맛.

　후덥지근한 일과를 마친 후 얼음처럼 시원한 맥주를 들
이켤 때의 목 넘김의 찌릿함.

　휴가철 계곡과 바닷속으로 풍덩 하며 들어갈 때의 오
싹함.

　한여름 중간중간 무더위를 식혀 주는 소나기.

　불볕더위 속 타들어 가는 가뭄 끝에 메마른 대지를 촉촉

이 적셔 주는 단비.

여름이 아니면 과연 이런 맛을 느낄 수 있을까?

여름이라는 계절에서만 느낄 수 있는 멋스러움을 생각
하며.

계절도 사람처럼 다 제맛이 있다.

감당할 수 없는 슬픔에
지친 날에도 구름은 아름다웠고,
노을은 아련했으며,
달과 별은 빛나고 반짝였을 것이다

당신은 언제나 괜찮았고,
지금도 괜찮으며,
앞으로도 괜찮을 것이라
믿어 의심치 않는다

역경 너머의
달콤한 그것

살면서 행복을 마주하는 것만큼 역경 또한 마주하며 살아가는 우리다.

그중에는 가볍게 넘겨 버릴 만큼 작디작은 어려움도 있지만,

다시 일어설 수 없을 만큼의 커다란 역경도 있다. 그렇다면 세상 모든 이들이 작은 어려움만 넘을 수 있고, 커다란 역경은 넘지 못하고 모두 그 자리에서 주저앉아 버리게 될까?

절대 그렇지 않다. 우리는 이를 잘 알고 있다.

세상에는 생각하는 것조차 버거울 정도의 역경을 딛고 가장 높은 자리까지 오른 사람들이 정말 많다.

대처하는 방법은 저마다 달랐지만, 그들은 분명히 역경을 뛰어넘었고,

그리하여 역경 너머에 마주한 달콤한 결말을 만끽하게 되었다.

지금 많이 힘든가?

그래도 분명 웃는 날은 온다.

세상에는 불굴의 의지와 노력으로 자신만의 역경을 이겨 내고 헤쳐 온 이들이 많이 있다.

그들처럼 나도 할 수 있고 해낼 수 있다는 신념을 가지고 자신이 지금껏 이겨 내 온 당신만의 방식으로 역경을 뛰어넘어 보자.

눈 질끈 감고 잠시만 참고 이겨 내면 그 너머 달콤한 인생은 당신 것이 된다.

겨울이 없다면 산뜻한 봄날의 따뜻함도 없을 것이다.

역경의 겨울을 치른 이에게만 행복의 새봄도 주어진다.

역경을 발판 삼아 더 나은 미래로의 당신의 도약을 간절히 기원하며.

치유되지 않은
마음속 상처

"치유되지 않은 상처는 어떤 때 누군가에게 칼이 된다."

어느 정도 공감하면서도 섬뜩한 많은 것들을 내포하고 있는 말이다.

아마도 치유되지 않은 상처는 많은 이들의 잠재의식 속에 똬리를 틀고 숨어 있을 것이다.

그런 상처가 온전하게 치유되지 않고 어떤 표출의 상황에 내몰리게 되면 어떤 식으로 발산될지는 그 누구도 모른다.

마음속 상처는 외부 상처와는 차원이 다르다.

외부 상처는 시간이 지나면 아물어 흉터로 남지만, 마음속 상처는 꺼진 듯 보여도 꺼지지 않는 불씨처럼 마음속에 남아 있게 된다.

그리고 바람이 불어 언제, 어느 때, 어떤 식으로 걷잡을 수 없이 활활 타오를지 알 수가 없게 된다.

방법은 바람막이가 되어 주어 잠잠해져 스스로 소멸하게 하는 방법뿐이다.

내 주변에 조금 더 관심을 가지고 표정도 살펴보고, 대화도 나눠 보는 가운데 아파하는 이가 있거나 그런 모습이 보인다면 시간을 내어 지긋한 마음으로 따뜻하게 보듬어 주면서 가만히 그의 이야기를 들어만 주길.

더도 말고 덜도 말고,

그것으로 충분하다.

타인의 아픔과
고통을 이해한다는 것

　나의 아픔과 고통이야 말할 것도 없지만, 타인의 아픔과 고통까지 이해하고 헤아릴 줄 아는 사람이 얼마나 될까?

　단적으로 말해 다른 사람의 아픔과 고통은 절대 이해할 수가 없다는 게 내 생각이다.

　아픔이나 고통이라는 것은 개인차가 크기 때문이다.

　대부분 비슷한 정도의 아픔과 상처 그리고 고통도 사람에 따라 받아들이고 대하는 것이 다르기 때문이다.

　같은 상태의 질병이라도 고통의 강도라는 것은 개인에 따라 10배 아니 100배 이상 다르다.

　주사를 맞더라도 무서워 엉엉 울면서 아파하는 사람도 있으며, 따끔한 느낌으로 태연한 사람도 있다. 그 모습과 상황이 고통의 개인차가 얼마나 큰지를 상징한다.

고통에는 통상적인 신체와 일상생활의 장애와 같은 육체적인 것이 있고, 정신적인 불안과 공포, 분노, 우울증 같은 마음의 문제가 있다.

더불어 질병 때문에 일을 잃고 경제적으로 어려워지거나 사회적인 소외감으로 인해 느끼는 사회적 고통, 정신적인 고통보다 더 깊은 곳에서 오는 인생의 의미에 대한 질문, 영적인 것 등도 있다.

이렇듯 많은 고통 속에서 저마다의 고통을 안고 살아간다.

아픔과 고통으로 앓는 이가 주변에 있다면 그저 말 상대라도 되어 준다면 어떨까?

그저 들어 주고 같이 눈물을 흘릴 수 있다면.

그저 말없이 한 번 안아줄 수만 있다면.

두 손 꼭 잡아 주면서.

그러면 아픔과 고통은 아주 조금이라도 덜하지 않을까?

남겨진 이의
슬프고 아픈 깨달음

곁에 있었던 소중했고 사랑했던 한 사람이 오지 못할 먼 곳으로 떠나갔다.

곁에 있을 때는 몰랐지만 떠난 이후 알게 되는 것들이 있다.

그로 인해 아픔과 슬픔, 눈물을 알게 되었고 진정한 사랑을 배우게 되었다.

삶에서의 깨달음 중엔 소중한 무언가를 하나둘 떠나보내고 난 후 알게 되고 깨닫게 되는 것이 있으며 동시에 '고약한 그것'을 동반한다.

그것은 '뼛속까지 시린 마음' 그리고 '아린 심장의 통증'과 함께 먼저 간 이와 슬프고 아픈 이별 후에 남겨진 이들에게 전해 온다.

지금을 살아가고 있는 우리지만 어떻게 떠나갈지는 아무도 모른다.

한순간, 가 버린 주변의 사람들이 있기에 나 또한 그들에게 그렇게 갈 수 있음에….

주변의 모든 이들을 더욱 소중히 아끼고 사랑하며 살아야 한다는 것을 알게 된다.

곁에 함께하는 이들과 살아있는 동안, 살아가는 동안 많이 웃고 즐겁고 재미나게 살아갔으면 좋겠다.

한 사람을
떠나보내며

한 번 태어나 결국 죽는 것이 인생이다.

그 긴 시간 동안 함께했던 인연과 정 그리고 희로애락을 나누었던 추억은 그의 일생의 여정과 함께 고스란히 남는다.

떠난 이들은 알 수 없지만 남은 이들의 마음은 슬픔과 비통함을 토해 내며 아쉬움과 허탈함에 망연자실하다.

그저 떠난 이들이 세상에 남기고 간 흔적을 돌이키며 애써 마음을 위로한다.

저마다 떠나는 사연 또한 기구하거나 구구절절하다.

곁에 늘 함께했던 소중한 이들을 뒤로하고 떠난 이들의 그 마음은 어떻겠는가?

언제 어떻게 떠날지 모르는 것이 우리의 삶이기에 지금 곁에 있는 소중한 사람들과 함께 나누고 해 줄 수 있는 게 있다면 바로 해 주자.

안부의 연락, 따뜻한 말 한마디 그리고 작은 배려와 관심만으로도 충분하다.

자살이나 고독사나 사고로 인한 죽음도 막을 수 있고, 같이 있는 동안만이라도 행복할 수 있지 않을까?

사랑했던 이들과의 추억 남기기, 이것이야말로 죽기 전에 지금 해야 할 가장 중요한 일이 아닐까 싶다.

사랑을 주고받은 기억은 서로에게 오래도록 가슴 한구석을 따뜻하게 해 준다는 사실을 알았으면 좋겠다.

먼저 떠난 이들을 그리워하며 남겨진 이들의 가슴은 먹먹하기만 하다.

그 먹먹한 마음에서 한편으론 삶의 의미를 생각해 본다.

남겨진 것은 무엇이고, 나는 과연 어떻게 살 것인지를 말이다.

자존감의
갑옷 입기

한때 나는 나 자신을 믿지 않았었다.

항상 부족한 것이 많았고 실패하는 모습을 보며 '그래 뭐 난 늘 이런 놈이지'라며.

그렇게 아무런 목적도, 꿈도, 방향도 없이 사람들이 많은 무리에 섞여 그것이 맞는 인생길인 것처럼 살았던 때가 있었다.

그런데 언젠가 나를 바라봐 주고 사랑해 주고 기다려 주고 믿어 주는 그 누군가가 있었음을 알게 되었다.

그걸 알게 되고 나니까 정신이 번쩍 들었다.

'내가 아닌 그 누군가도 나를 그렇게 믿어 주는데 왜 나 자신은 스스로에게 그러하지 못했을까?'라고 생각하게 되었다.

'그래 나는 이러려고 태어난 게 아닌데, 나도 할 수 있는데.'

'맞아, 너도 할 수 있어!'

'그래, 나는 할 수 있어!'

'나도 할 수 있어!'

그렇게 먼저 받게 되었다.

받아 보니 알게 되었다.

'그렇게 기다리는 거구나.'

'그렇게 사랑하고 관심 가지고 믿어 주는 거구나.'

그제야 알게 되었다.

내 옆의 그 누군가의 관심과 믿음 덕분에….

이제야 나도 알려 줄 수 있을 것 같다.

'그래, 당신도 할 수 있어!'

'못하는 게 아니고 아직 잘 모르고 있는 것일 수도 있어!'

이제는 이렇게 말하려 한다.

"나는 당신을 믿습니다."

"나는 당신을 기다리겠습니다."

"나는 당신을 항상 지켜보겠습니다."

"당신도 할 수 있습니다."

"포기하지 마세요."

다시 한번 말합니다.

"당신은 할 수 있습니다."

"글이라고 응원하는 게 아니라 진심 어린 제 마음입니다."

"당신도 충분히 할 수 있습니다."

당신 곁엔 당신을 응원하는 그 누군가가 있다는 것을 부디 잊지 말기를.

나답게
살아가는 것

"어떻게 살아야 할까?"

이제는 모든 것이 다 커버린 지금,

가르쳐 줄 선생님도 없을뿐더러

부모에게, 친구에게, 아이에게서도 배울 수 없는 나이가

되어 버렸다.

더는 누군가 가르쳐 주는 이 없는 현실에서, 어른이 된

남자는 사회 속에서 듣는 말이 있다.

남자답게 살아야 한다,

아들답게 살아야 하며,

남편답게 살아가야 하며,

아버지답게 살아야 한다.

그러나 그 속엔 '나답게'는 없었다.

철이 들어 인생을 어느 정도 알게 된 나이든 지금,

이제 나답게 살아야 하는 이유를 알게 되었다.

그렇다면, '나다운 건 무엇인가?'

이 물음에 그동안 인생을 얼마나 허비하면서 살아왔는지 되묻지 않을 수 없다.

인생에서 가장 중요한 것은 무엇인가에서 치열한 고민을 하였느냐이다.

어제보다 오늘, 오늘보다 내일 더 성장하고 부딪치며 사는 것이어야 한다.

나다움은 타인의 생각과 관점보다 스스로가 바라보는 자신을 인지하고 바라보며 살아가는 자신의 삶에 주인으로 살아가는 것이어야 한다.

나답게 살지 않으면 죽을 때 반드시 후회하게 된다.

빛나는 발견

세상에 완벽한 사람은 없다
누구나 부족하고 미흡하다

하지만 괜찮다
부족하지 않은 사람만
행복할 자격이 있는 것은 아니니까

그늘은 빛의 흔적이다
그림자를 뒤로하고 나아가는

당신의 모습은 아름답게 빛나는 중이고
더욱 환하게 빛날 것이다

이를 발견하는 것이 우리의 몫이다

잠시 눈을 감고
편안하게 심호흡을 해 봅니다.

지금 한 번 나를
바라보는 시간을 가져 보면
어떨까요?

과민반응의 마음

한마디 말에 그냥 넘어가는 이가 있는가 하면, 예민하게 받아들여 스스로가 상처받고 마음의 문까지 닫아 버리는 사람도 있다.

상처받았다고 상처를 방패 삼아 숨어버리기까지 한다.

아프고, 슬프고, 분하고, 억울하다고 해서 숨어버리거나 감춘다고 해결될 일이 아니다.

세상을, 사람을 아니 모든 것을 부정적으로 바라보는 마음의 병으로 자리 잡아버린다.

오히려 더 큰 상처로 자리 잡게 되는 것이다.

주변에 상처 받은 누군가가 있다면 가만히 곁에 앉아 그의 말을 들어 주자.

그리고 다독여 주고 희망과 긍정의 얘기를 해 주자.

그다음 나머지는 그의 내면이 알아서 치유하게 놓아두면 된다.

들어 주고 다독여 준 그 마음을 온전히 알게 되면 마음의 문도 열리게 된다.

상처 없는 사람은 세상 그 어디에도 없다.

그 상처를 이겨 내고 극복해 내려고 하는 마음,

그 마음이 당신의 삶에 희망과 행복을 가져다준다는 사실만은 명심했으면 좋겠다.

등신감

등신감은 내가 어리석고, 멍청하고, 한심하고, 바보같이 느껴질 때 드는 감정이다.

그 이면에는 수치심과 죄책감을 동반한다.

'남들이 다 하는 걸 왜 난 못하지?'

'난 왜 이렇게 바보 같지?'

가끔 내가 참 어리석고 멍청하게 느껴질 때가 있다.

등신감은 살면서 우리가 겪는 수많은 여정 중에 좌절하고, 실패하며 다시는 일어서지 못할 것 같은 감정에 빠지는 것이다.

이 등신감을 이겨 내기 위해선 자신에게 칭찬을 해야 한다. 하지만 일단 등신감이 발동하면 긍정적 에너지는 순식

간에 사라지고 만다.

이때 불러와야 할 감정이 자기 효능감이다.

자기 효능감은 잘 해낼 수 있다는 자기 신념이다.

또한, 미소 짓기를 해 보자. 씩 하고 말이다.

미소는 짓기만 해도, 보기만 해도 긍정적인 감정을 몰고 온다.

이 미소 지음을 습관화해 보길 바란다.

그리고 '난 잘 해낼 수 있다!'라고 외쳐 보자.

마음속으로라도 말이다.

그렇게 해 보면 반드시 당신의 앞날에 무한한 긍정적 에너지와 자기 효능감이 충만해져서 즐겁고 웃는 날이 많아질 것이다.

등신감도 스스로 만드는 것이니 빠지지 않도록 아예 지워 버리자.

시의적절함이란

손을 내밀 때인지.

마음을 전할 때인지.

기다릴 때인지.

물러설 때인지.

미워할 때인지.

감사할 때인지.

고백할 때인지.

떠날 때인지.

아니면 마음을 접을 때인지.

이 순간이 무엇을 위한 때인지 어떻게 알 수 있을까?

시간은 손가락 사이로 빠져나가고,

아무것도 하지 못하고, 아무것도 이루지 못하였다.

시의적절함은 내 느낌으로 알맞을 때이다.

노련미를
더하다

인생을 살아가면서 때로는 노련함이 필요할 때가 있다. 노련함이란 삶에서의 많은 경험 속 능수능란하고 숙련된 안정감에서 묻어 나오는 슬기로움과 지혜로움이다.

'젊어서 고생은 사서도 한다'라는 말이 이를 뒷받침해 준다.

조금이라도 젊었을 때 이것저것 다양한 경험을 해 봄으로써 얻는 값진 소득은 나이가 들었을 때 비로소 실감하게 된다.

'아! 이래서, 그래서, 경험이 중요하구나!'라는 것을 말이다.

그렇게 노련미를 터득하게 되면 삶에 불평과 불만, 두려움과 걱정은 줄어들고 그에 더해 즐겁고 행복해진다. 또한, 느긋함과 여유로움이 묻어나게 되고 평온과 평안한 기분도 느낄 수 있게 된다.

능수능란한 숙련된 노련미를 갖추기 위해선 망설임과 주저함 없이 해 보는 실천력이 필요하다. 그 과정에서 배우고, 터득하며 얻는 것이 많다는 사실을 알게 되고 값지다는 것을 몸소 깨우치게 된다.

좋은 것과 싫은 것, 어려운 것과 편한 것을 따져서는 얻을 수 없는 것, 그것이 노련미이다. 노련미는 결과적으로 자신에게 일정 수준의 성공의 맛을 보게 해 준다. 그 혹독한 힘든 과정과 어려움 속에서 일궈 낸 것이기 때문에 자부심과 성취감 또한 대단하다.

지금 당신이 가고 있는 그 길이 노련함을 얻을 수 있는 절호의 기회라고 여겨 보면 어떨까? 거기에 놓인 슬기로움과 지혜로움, 그 노련함을 자신의 것으로 만들어 가기를.

내 안의
다중인격

사람은 대체로 다중인격체다. 내 안의 인격 중에는 내가 모르는 인격이 있으며 그 어떤 상황적 장면에 직면했을 때 숨어 있다가 나타나게 된다.

연기자들의 연기나 신문이나 방송에서 보이는 '저 사람이 저런 사람이었어?'와 같은 상황의 예를 들 수 있겠다.

우리에게 내재되어 자리 잡고 있는 것들을 끄집어내어 발산하고 표현하는 것이 연기로 나타나는 것이다.

정치인이나 유명인들의 사건 사고에 나타나는 이면의 모습을 보면 평상시 모습이 아니다. 보이는 것이 전부가 아니며, 결국 누구나 다 다중인격의 면모를 갖추고 있다는 뜻이다.

그런 다중인격의 실체를 현실에선 좋지 않은 것으로 비추고, 인식하게 하여 나쁜 모습만을 강조한다. 물론 좋은 모습보다 나쁜 모습들이 각인효과가 더 크게 다가오긴 한다.

그렇다 치더라도 엄연한 현실 속 우리 마음속에 존재하고 나타내어지는 것임에도, 좋은 인격도 있음에도 불구하고 말이다. 예를 들어, 외고집이나 꼴통 또는 사차원이나 독불장군 그리고 독특하다고 느끼는 사람들을 보면 의외로 유명인들이 적지 않다.

'나는 원래 이런 사람이야'라는 틀에 가두기 보다는 또 다른 내 안의 좋은 인격을 발견하여 숨어 있는 가능성을 활용하는 것도 중요하다. 인간의 무한한 잠재력과 가능성은 내 안의 자아를 발견함과 동시에 더 크게 성장시키려는 노력으로 꽃피울 수 있다.

그렇게 되면 삶의 진정한 행복을 느낄 수 있다. 인격 형성은 하기 나름이다. 내 안의 숨은 좋은 잠재력의 또 다른 인격을 발견하여 잘 활용하길 바란다.

빛과 그늘

"건축 이야기에는 반드시 빛과 그늘이라는 두 측면이 있다. 인생도 마찬가지다. 밝은 빛 같은 날들이 있으면 반드시 그 배후에는 그늘 같은 날들이 있게 마련이다."

건축가 안도 다다오가 책에서 한 말이다.

자기 삶에서 빛을 구하고자 한다면 먼저 눈앞에 있는 힘겨운 현실이라는 그늘을 제대로 직시하고 그것을 뛰어넘기 위해 용기 있게 전진할 일이다.

하지만 사람들은 늘 볕이 드는 쪽으로 가야 한다는 강박관념에 시달린다.

그늘이 있으므로 빛이 살아난다.

참된 행복은 빛 속에 있지 않다. 빛을 향해 가되, 그 과정에서 필연적으로 맞이하는 가혹한 현실에서 포기하지 않고 강인하게 살아남으려고 고군분투하는 완강함에 세상사는 진정한 맛이 있다.

　빛과 그늘이 함께하는 것, 그것이 인생이다.

당당하고
떳떳한 미생

'아무리 빨리 이 새벽을 맞아도 어김없이 길에는 사람들이 있었다.'

'남들이 아직 꿈속에서 헤맬 거로 생각했지만 언제나 그렇듯 세상은 나보다 빠르다.'

드라마 〈미생未生〉 중 나오는 이 말에는 심약한 주인공의 여린 마음이 고스란히 드러난다.

세상은 나보다 더 앞선 부지런한 이들로 가득 차 있는 것 같아 나라는 존재가 별스럽고 한심하게 느껴지는 어리석은 마음.

먼저인 사람들과 앞서 있는 사람들 그리고 더 부지런한 사람들과는 엄연히 출발 지점도 다르고 삶을 대하고 바라보는 것도 다를진대, '나는 모자라다'는 마음을 지니고 바라보면 당연히 그럴 수밖에 없기에 안타까울 따름이다.

그들의 삶 또한 치열한 생존의 전쟁터이고 지옥인 것을 모르는 미생.

세상 그 누구도 오늘도…내일도… 그렇게 안팎으로 고군분투하며 절체절명의 마음으로 산다는 것을 알았으면!

나만이 아니고 누구나 다 그렇다는 것을 알았으면!

세상에 완생先生은 없으며 미생도 인생이다.

그러니 움츠리지 말고 기죽지 말고 당당하게 맞설지어다.

소중한 지금, 사람, 꿈
그리고 발자취

세월도, 사람도, 지금 이 순간의 시간도 흘러가고 있다.

그렇게 흘러간 세월 속 사람과 이 시간은 다시 오지 않는다.

이미 흘러가 버린 것들이니까.

그렇게 우리들 인연도 세월의 시간에 따라 흘러간다.

한때 무수히 품었던 꿈도 흘러가 버린다.

우리가 만나는 시간과 사람들의 꿈도 흘러가 버리는 것이 분명하다.

결국엔 그 사람도, 친구도, 꿈도 없게 되는 것이다.

어쩌면 우리가 산다는 건 그런 것인지도 모르겠다.

아주 짧고 낯설게 가 버리는 세월이지 않을까?

그렇지만 우리 마음에 남아 있는 것들은 분명히 존재한다.

내가 주었던 마음, 받았던 온정, 품었던 꿈의 희망, 애썼던 노력의 정신은 세월이 가고 사람도 가지만 그 정신과 마음만은 그 시간과 함께 남아 있는 것.

바로 거기에 우리가 사는 의미가 존재하지 않을까?

지금 이 순간 우리의 발자취에는 어떤 정신과 마음이 스며들고 있을까?

소중하고 아름다운 선물과도 같은 그것들을 위해서라도 후회 없이 멋지게 살아 보았으면 싶다.

삶의 위기에서 얻는 것,
지혜

우리는 지혜로워지기 위해 책을 읽고 강연을 듣거나 멘토를 찾는다. 그렇지만 그렇다고 모두가 지혜로워지는 것은 아니다.

그렇다면 '지혜'란 무엇일까?

나이가 들면 저절로 가질 수 있는 것일까?

아니면 타고난 누구에게만 주어진 것일까?

아니다. '지혜는 삶의 위기에서 얻어진다'고 살면서 알게 되었다.

여기에서 위기는 가정의 불화나 경제적 어려움, 뜻하지 않은 홀로서기, 친구나 가까운 이의 죽음, 실패나 재해 같은 부정적 위기뿐만 아니라 결혼과 출산, 취직과 이직, 성공과 성취 등 우리의 일상을 완전히 변화시키는 새로운 사건들도 포함된다.

인간의 삶의 태도와 관점을 근본적으로 바꾸는 모든 경험이 바로 삶의 위기인 것이다.

이런 위기들이 삶의 위기 이전과 이후로 나뉘면서 예전과는 전혀 다른 지혜로운 사람이 되게 만든다.

지금껏 익숙해져 있던 삶이나 가치관, 관점을 근본적으로 바꿔버리기 때문이다.

우리는 대부분 삶을 안정적으로 유지하려 하므로 이런 일이 자주 일어나지는 않지만 단언컨대, 삶의 위기는 모두의 인생에서 일어난다. 이런 지혜의 얻음은 누구나 가질 수 있으며, 인생의 위기를 만났을 때나 일상 속에서 지혜로움을 연습하고 훈련할 수 있도록 해 준다.

즉 지혜란, 몇몇 사람에게만 주어진 특수한 능력이 아니다. 삶에서 일어나는 일들을 다루는 방식이나 태도인 것이다.

지혜로운 사람은 삶에서 맞닥뜨리는 무수한 파고를 유연하게 타고 넘는다. 보다 행복하고 더욱 평화롭게 말이다.

태어나면서부터 지혜로운 사람은 흔치 않지만, 지혜로움을 얻을 수 있는 길은 분명 존재하고 모두에게 열려 있음을 명심해야 한다.

삶의 위기에서 얻은 지혜는 그 길의 끝에서 당신을 인생의 주인으로 만들어 줄 것이다.

정답이 없는
인생 길

　언젠가부터 빠른 것, 안락한 것, 편리한 것에 길들어 가는 우리의 모습에서 그 흐름이 과연 좋은 방향으로 흘러가고 있는지 의문이 들 때가 있다.

　세상은 4차 산업혁명과 AR, VR, 드론, IOT 등의 초연결 시대에 접어들었으며, 관련 뉴스와 서적, 각종 행사 등에서 그렇다고 일제히 외치고 있다.

　손가락 하나만 까딱하면 뚝딱 다 되는 세상이 과연 인간의 모습을 어떻게 변화시킬지 자못 궁금하기도 하고 한편으론 두려운 마음이 들기도 하다.

　세상은 신속함과 편리함으로 인해 살기 좋아졌지만 정작 그 속에서 살아가는 우리의 참모습은 마냥 행복해 보이지 않는 것 같다.

미래를 예측하기 힘든 현실에서 과연 올바른 삶, 인간이 궁극적으로 가지고 있는 가치인 행복한 삶을 살기 위해서 어떻게 해야 할까?

하루가 멀다 하고 변하는 세상과 물질의 변화에는 또 어떻게 대응하고 적응하며 살 것인지.

변화의 물결을 빠른 속도로 받아들이고 대처하며 사는 것이 당연한 것이 되어버렸다.

모든 것은 잘 맞물려 돌아가야 하는 것이 세상 이치이고 보면 그 변화의 속도에 정작 우리 내면의 삶이 그 빠른 현실의 속도에 맞춰 대처하며 살아갈 수 있을지, 그 속에서 나오는 문제점들은 어떻게 받아들이고 대하며 적응해 갈지도 염두에 두었으면 싶다.

정답 없는 세상에서 우리는 그 어떤 명쾌한 해답을 찾기 위해 사는 건 아닌지.

아울러 빠르게 변화하는 세상의 삶에서 명쾌한 나만의 해답을 찾아가는 것이 각자의 삶이지 싶다.

느림도, 빠름도, 변화에의 적응도 다 우리의 삶이니까.

시작은 설렘,
그리고 두려움과 함께

　무엇인가 그 어떤 것이든 시작한다는 것은 나에게는 늘 설레고 두려운 일이었다.

　비로소 그 일을 하기 시작했다는 기쁨도 있지만, '그 일을 무사히 마칠 수 있을까?' 하는 두려운 마음도 어김없이 들었다.

　'시작이 곧 반'이라는 말은 그만큼 어렵다는 뜻이다.

　그리고 시작했으면 반드시 마쳐야 한다.

　어떤 고난과 시련이 앞길을 가로막더라도 시작했으면 부지런히 가야하고 또 말끔하게 마무리를 지어야 한다.

　그것이 나에게 남겨진 몫이다.

　그렇다고 너무 두려워할 건 없다.

시작했다는 건 마칠 힘도 분명 나에게 있다는 뜻이니까.

지속하고자 단단히 마음먹고 시작하고 깔끔하게 마무리 짓는 삶을 살아가길.

미지로의 여행

　새해가 되면 많은 사람들이 설렘과 희망의 마음으로 새
로운 시작을 꿈꾸고 또한 두려워도 한다.

　단지 사회에 첫걸음을 내딛는 사회 초년생들이나 이직
하는 직장인들에게만 해당하는 이야기는 아닐 것이다.

　입학을 앞둔 아이들도 낯설고 어색한 환경에 적응할 생
각에 겁을 먹곤 한다.

　하지만 한 달이나 일 년이 지나게 되면, 어느새 쭈뼛거
리던 아이들은 한껏 의젓해지고 서먹서먹하던 아이들도
어느새 둘도 없는 친구가 되어 있다.

　삶은 한 번도 가지 못한 새로운 곳을 향하는 것이 마치
미지로의 여행과도 비슷하다.

이왕 떠나는 여행이라면, 두려운 마음보다는 좀 더 두
근두근 설레는 마음과 기대감으로 떠나는 것이 좋지 않
을까?

그래서 말인데 어제보다 오늘이 더 찬란하고 두근거리
는 여행이 되길 바란다.

한 걸음

　　　　한 걸음

자신만의 보폭으로 나아가고,

때로는 멈추기도 하면서

순간의 기쁨을 느끼며

살아가자

지지와
격려의 힘

나를 알고 있거나, 인연이 닿아 있거나, 소통하고 있는 사람들은 느끼며 알고 있는 것이 있다.

바로 늘 지지와 격려를 아끼지 않는 나의 마음을 말이다.

그런 나는 나이와 성별, 지위 고하, 능력이나 재력, 권력을 막론하고 사람을 대함에 있어 항상 꾸준하고 동등하게 대하려 노력하고 있다.

그래야만 인위적이거나 가식적이지 않고 공평성과 일관성을 유지하여 상대가 믿음과 신뢰를 가질 수 있게 하고 그것을 바탕으로 그 관계는 한층 더 성숙한 관계, 지속적인 발전 관계로 나아가게 됨을 알기 때문이다.

지지와 격려에는 당신이 정말 잘되기를 바라는 마음과 즐겁고 행복하였으면 좋겠다는 바람이 가득 담겨 있다.

또한, 진실한 마음과 사랑하는 마음이 동반된다.

이러한 지지와 격려는 받는 사람은 희망과 용기를 얻고, 사랑을 느낄 것이며, 보낸 이의 마음을 따뜻하게 느끼게 될 것이다.

누군가가 나에게 지지와 격려를 보낸다는 것은 아름답고 사랑스러운 일이다.

지지와 격려는 받는 사람에게 정말 큰 힘이 된다.

더불어 보내는 이도 기쁘고 행복한 마음이 된다.

이번 기회에 당신을 아는, 당신이 아는 주변의 누군가에게 지지와 격려를 전해 보자.

작은 시도는 작은 변화를 일으키고 결국 큰 변화로도 이어지게 된다.

지지와 격려는 당신을 향한 사랑의 마음이다.

이런 마음으로 지지와 격려를 보낸다.

'늘 먼발치에서 당신을 응원합니다.'

'지금의 당신도 훌륭하지만 앞으로도 더욱더 잘 되리라 믿어 의심치 않습니다.'

아프고 슬픈
인생을 대하는 자세

　세상 모든 것엔 저마다의 사연도 있다지만, 사람의 사연
만큼 구구절절하고 파란만장한 희로애락이 담긴 것도 없
지 않나 싶다.

　한 사람 개개인의 살아온 이야기를 듣노라면 〈인생극장〉
이 따로 없을뿐더러, 영화나 드라마 소재가 되어도 감동적
이고 뭉클함을 전해 주리라는 생각도 하게 된다.

　역사와 위인전을 보더라도 우리가 알지 못했던 세상에
드러나지 않았던 비화나 사건 등이 많다.

　그런 일화나 에피소드에 들어 있는 뒷이야기 또한 극적
이기도 하다.

　그 속에는 인간이 느끼는 모든 감정과 고통이 쓰라린 아

픔, 지울 수 없는 상처와 트라우마로 동반한다. 그러므로 당사자는 정신적 고통은 물론 피눈물까지 쏟아 내는 격한 소용돌이 속으로 빨려 들어 시간이 한참 지나도 쉽사리 잊기는 힘이 든다.

다만 사람은 현실을 살기에 상처나 아픔만을 생각하며 살 수 만은 없듯이, 극복하고 이겨 내어 살아가야 한다는 사실만은 명심했으면.

넘어지고, 쓰러지며, 다친 스스로가 용기 내어 세상 밖으로 나와 살아간다면 조금은 더 빨리 상처도 아물고 치유도 되리라 생각한다.

웅크리지 않고 세상에 떳떳하고 당당히 맞서는 마음과 정신을 지녀야 한다.

그것이 자신의 삶에 대한 노력이자 예의이며 사명이다.

그 뒤에는 반드시 기쁨과 즐거움이 행복과 함께 찾아온다.

시행착오 속에서

부모님의 모습에서 또는 동시대를 살아가는 주변의 다른 사람들의 모습에서 많은 것들을 습득하며 살아간다.

그런데 정작 살아보니 알게 되었다.

먹고 사는 방법도,

공부하는 방법도,

직장인으로 사는 방법도,

결혼 생활의 방법도,

자식을 키우는 방법도,

여가를 즐기는 방법도,

효도하는 방법도,

나이 들어 살아가는 방법도,

제대로 알 수 없었다.

모두가 제각각의 다른 삶을 살아왔고 살아간다.

그런 각각의 삶에서 나의 삶을 빗대어 비교할 수 있는 비슷한 인생조차 만날 수 없었다.

참 멋진 인생, 아름다운 삶을 살아가는 인생은 스스로가 정답 아닌 해답을 찾는 과정에서 시행착오의 역사와 함께 존재해 나간다.

그런데도 살아가는 동안에는 그런 해답을 찾는 노력은 계속 되어야 한다.

시행착오의 역사가 모여 멋지고 아름다운 인생이 만들어지는 것이니.

주연도
역할일 뿐

　연말이면 스포츠 관계자들이나 연예인들의 상을 발표하고 텔레비전에 그들이 모습을 내비치곤 한다.

　흔히들 인생을 영화나 드라마 또는 스포츠에 비교한다.

　그 속엔 주연 배우뿐만이 아니라 조연과 단역 배우, 스텝 등도 있다.

　그런데 정작 주목을 받는 사람은 주연 배우와 선발만 독차지한다.

　다른 직업들도 마찬가지다.

　선발이 있지만 후보나 교체 선수도 있듯이

　메인 셰프가 있지만 수석이나 보조 셰프도 있다.

　혼자 하는 경기도 그를 도와주는 여러 사람들이 있다.

등장은 몇 초에서 몇십분 아니, 아예 보이지도 않고 뒤에서 묵묵히 그들의 역할만을 수행하는 사람들이 더 많다.

그렇게 다 자기만의 역할에서 주연처럼 온갖 노력과 정성을 다하고 있다.

주연도, 조연도, 단역도 다 역할일 뿐이다.

그러니 "나는 뭐야?", "이게 뭐야?"라고 푸념하지 말자.

당신은 이미 주연이다.

그러므로 누가 뭐래도 멋지고 당당하게 자신의 삶을 살아가기 바란다.

암흑과
절망 속에서도

어느 날 문득 나 홀로 버려진 느낌이 들 때도,
아무것도 보이지 않는 칠흑같이 캄캄한 어둠에 갇혀
흘려야 할 눈물조차 메마르고 없을 때도,
더는 그 누구도 내 손 잡아 주는 이 없을 때도,
기도 이상 그 아무것도 더 할 수가 없을 때도,
그럴 때도 희망이라는 손길을 놓으면 안 된다.
적어도 살아 있는 한 말이다.
희망의 끈을 놓지 않으면 반드시 누군가가 따뜻한 손을
내밀어 준다.
지금 많이 힘들고, 지치고 돌파구가 보이질 않는가?
깊이 곰곰이 잘 생각해 보자.

주변에 단 한 사람이라도 나의 얘기를 있는 그대로 들어 줄 이가 있을 것이다.

그 사람과 정말로 있는 그대로의 속마음을 꺼내어 보도록 하자.

화내도 좋고, 눈물 흘려도 좋다.

다 끄집어내어 털어 내면 속이 후련해질 것이다.

그러고 나면 삶이 달라 보이며 의욕도 생길 것이다.

혼자 끙끙대지 말고 꼭 그렇게 한 번 해보기를.

누군가의 도움과 사랑의 손길은 세상의 외롭고 쓸쓸함과 아픔을 잊게 해 주는 따뜻함의 구원으로 다가온다.

자연 속
꽃과 삶

봄바람 날리는 설렘 가득한 날들의 연속입니다.

이처럼 따뜻한 봄날엔 상춘객들을 맞는 산이며 들에는 예쁜 꽃들이 지천으로 삼삼하게 만발합니다.

그런데 그 예쁜 꽃들은 그 누구도 의식하지 않고 혹독한 긴긴 겨울을 이겨 내어 스스로 피었지요.

자연의 꽃은 그래서 더욱 아름답기도 하고요.

온실 속 집안의 화초와는 비교 불가인 자연의 꽃들은 세상의 모진 풍파를 맞고 견디어 내어 홀로 오롯하게 피어 더욱 예쁘고 아름다운 것입니다.

그런 꽃들을 보며 나도 저 꽃들처럼 홀로서기의 강인한 삶을 잘살고 있는지 삶을 빗대어 비교도 해 봅니다.

사시사철 오롯한 자연의 삶처럼 강인하고 꿋꿋하게 살아가고 싶은 마음입니다.

마음을 멈추고 비우는 시간을
가져 보는 것은 어떨까요?

가만히 잔잔하게
마음을 느끼고 음미해 보세요.

담벼락에 홀로
아름답게 핀 너에게

이 척박한 세상에서 너는 거기에 뿌리를 내렸구나.

그동안 모진 풍파 잘도 견디어 내었구나.

외롭고 쓸쓸하지는 않았느냐?

이토록 튼튼하게 곱고 예쁘게 잘 자라 기특하고 대견하
구나.

홀로 거기서 뿌리를 내리고 생명을 이어 온 너는 나보다
났구나.

우리네 인간은 너처럼 혼자서는 살 수가 없단다.

그럴 용기도, 배짱도, 정신도, 건강도 없단다.

그래서 너는 다른 꽃들보다 더 예쁘고 아름답게 보인단다.

앞으로도 지금처럼 건강하고 예쁘고 아름답게 본연의

너답게 그 자리에서 잘 지내고 잘 자라기 바란다.

가끔 내가 외롭고 지칠 때가 있다면 너를 생각하며 힘을 내련다.

너는 이 세상에 단 하나뿐인 가장 아름다운 꽃이다.

아프지 말고 건강하게 잘 지내렴.

그리고 또 보자꾸나.

너에게서 삶을 또 배우는구나.

3장

그래도
괜찮은   우리

때로는
쉽게 생각을

　인간과 동물의 관계보다, 사람과 사람의 관계가 힘이 드는 건 왜일까? 같은 언어도 쓰는데 말이다.

　그렇지 않은 사람도 있겠지만 '대부분의 많은 이들이 모든 사람과 잘 지내려고 하기 때문이 아닐까' 하는 생각이다.

　모든 사람들과 말이다.

　이게 가능한 일일까?

　당연히 불가능하다.

　처음 만났는데 이유 없이 그냥 싫은 사람도 있다.

　이유는 잘 모르겠는데 그냥 싫은 사람이 있다는 것이다.

　예전에 만났던 사람 중에 싫었던 사람이 있었는데 그 사람과 생김새나 목소리가, 옷차림과 취미가 비슷하거나 그 무엇 때문에 비슷한 점이 느껴지면, 과거의 그 재수 없었던 사람이 생각이 나서 앞에 있는 그 사람이 이유 없이 싫어지기도 한다.

살면서 모든 직업을 다 가질 수 없듯이 모든 사람과 친해질 수도 없다.

사람은 나름의 호불호를 가지고 있기 때문이다.

나를 좋아하는 사람과 싫어하는 사람도 엄연히 있을 수밖에 없다.

'인생은 선택과 집중이다'라고들 한다.

사람과의 관계에도 선택과 집중이 필요하다.

돋보기로 잎사귀에 불을 지피려고 해도 빛을 한 점에 집중해서 모아야 탄다. 그러니 나를 싫어하는 사람과 일부러 친하게 지내려고 하지도 말고, 나를 좋아하는 사람을 굳이 밀어낼 필요도 없다.

그냥 마음이 맞는 사람과 유익한 시간을 보내면 된다.

그럼 자연스럽게 나와 통하는 친구들이 늘어나고 나름의 색깔도 생기게 된다.

모든 것을 충족시키려는 사람은 사실 어떤 것도 충족시키지 못하는 사람일지도 모른다.

모든 이들과 다 친한 사람은 정말 친한 사람이 없다는

것이기도 한 게 아닐까?

많이 친한 사람보다 한 명의 절친한 친구와 벗이 더 좋고 소중한 것이니 스트레스 받지도 말고 자책하지도 말며 그냥 내 마음 가는 대로 사람을 사귀고 즐거운 추억을 만들어 가면 된다.

그러면 인생이 더욱더 즐거워지고 활력도 생기며 하는 일도 잘 된다.

이런 말이 있다.

'하수는 쉬운 것도 어렵게 만들고, 고수는 어려운 것도 쉽게 만든다.'

가끔은 쉽게 생각하며 살 필요도 있다.

온전히
들어 주는 것

살다 보면 무수히 많은 사람들을 만나 대화를 나누지만 가끔은 소통 부재의 벽에 부딪혀 막막할 때가 있다.

그럴 때면 '내가 문제인가?'라는 생각이 들기도 한다.

그런데 정작 좀 더 살펴보면 무지몽매한 사람과 자신의 고집과 주장만을 내세우는 헛똑똑인 사람을 대할 때면 어지간히 답답하다.

무지몽매한 사람이야 몰라서 그렇다 치더라도 어지간히 배운 사람들 중에는 자기 생각만을 고집하며 내세우는 이들도 참 많은 게 현실이다.

이런 이들 중에는 온전하게 아는 게 아니라 그저 이해 정도 하는 데도 자신의 똑똑함을 내세우고 주장하는 이가 많다.

경험 없이 막연하게 이해하는 것과 온전한 경험을 통해 아는 것과는 천양지차다.

'남대문에 문턱이 있다? 없다?'로 다투면 서울에 가 보지 않은 사람이 이긴다'라는 말이 있다. 서울에 한 번이라도 가 본 사람은 '내가 혹시 문턱이 있는데 보질 못했나?'라고 생각해 보기도 하지만 가 보지 않은 사람은 자기의 생각만을 믿고, 주장하며 고집부린다는 의미다.

이처럼 은근히 헛똑똑이인 사람이 의외로 많다.

노자의 말씀 중에 '아는 사람은 말이 없고, 말이 많으면 거짓이다'는 말이 있다.

혹시라도 위와 같은 상황에 놓이게 되어 답이 나오지 않을 때에는 갑론을박하지 말고 관조적 시선으로 바라보고 고요한 시선과 마음으로 온전히 들어 주자.

훨씬 사람과의 관계가 수월해질 것이다.

이기려고 드는 사람보다 들어 주는 사람이 더욱 깊고 멋지며 아름답다.

행복한 져 주기

주변에서 일어나는 사람들 사이에서의 다툼은 언제나 지극히 주도권 다툼이고, 이기적인 싸움이다.

결국 누가 더 큰 이익을 가지는지 따지기 때문에 갈등이, 싸움이 일어난다.

그 이익이라는 것은 가면 속에 감춰진 본인과 그와 비슷한 동일인들과 주변인들의 이기심, 배신, 시기, 질투, 잘남, 동질감 등에서 나오는 어리석은 것인데도 그들은 알지 못한다.

그러니 이겼다고 옳은 것도 아니고 졌다고 틀린 것도 아니다. 그들의 생각이나 행동이 바른 것이 아님을, 진정한 나를 모르는 그들 외에 나를 아는 사람들은 알고 있다. 당신은 좋은 사람이라는 것을.

나를 모르는 그들의 메아리는 그들 속에만 존재한다. 그
냥 져 주자. 내버려 두자.

이기적이고 어리석은 그들의 그곳에서 벗어나 보면 아
무것도 아님을 알게 된다.

그것이 마음을 평온하게, 온전하게 유지하는 길임을 잘
져 줌으로써 깨닫게 된다.

잘 보고, 잘 듣고,
제대로 말하기

눈과 귀, 그리고 입이 있지만, 눈이 있어도 보지 않고, 귀가 있어도 듣지 않고, 입이 있어도 말하지 않네.

눈이 있어도 보려 하지 않고, 귀가 있어도 들으려 하지 않고, 입이 있어도 말하려 하지 않네.

그렇다고 보이지 않는 것도 아니고, 들리지 않는 것도 아니고, 침묵하는 것이 정답은 아닌데.

내 생각과 말과 행동이, 너의 생각과 말과 행동과 얼마나 차이 나고 다를까?

그렇게도 이해하지 못할 정도일까?

눈은 잘 보라고 있고, 귀는 잘 들으라고 있으며, 말은 제대로 하라고 있는 것일 뿐인데.

왜 그리 힘들어할까 우리는.

슬기로움과 지혜로움 그리고 현명함도 지니고 있는 우리인데.

말투에는

말을 할 때는 주의하여 조심스럽게 해야 한다.

한번 내뱉은 말은 주워 담을 수 없기 때문에 매사에 신중해야 함은 당연지사다.

말하는 스타일, 즉 말투에는 그 사람이 가지고 있는 성향이나 버릇, 태도가 묻어난다.

흔히들 취중 진담이라고 하지만 술버릇과 주사의 나쁜 행태의 모습들이 회자되는 것만 봐도 평소 말투에 각별함을 필요로 하게 된다.

말투에는 개인마다 자라 온 문화적인 배경과 환경, 습관화와 성격적인 부분들이 영향을 미친다. 이러한 이유를 인지하며 대화하는 이는 많지 않기 때문에 오해 아닌 오해를

하기도 하고 받기도 한다.

평생을 사람과의 관계 속에서 사는 우리는 더욱더 말조심해야 한다. 거만과 빈정거림, 가시가 돋친 말을 무심코 툭툭 내뱉으면 결과는 뻔하다. 듣는 이로 하여금 미움과 증오의 마음을 가지게 하여 어떤 이들은 그 말투로 인해 아파하며 상처 받아 사람을 혐오의 대상으로 여기게 할 수도 있기 때문이다.

나의 말투로 인해 누군가 오해하여 미움과 증오의 감정을 느끼고 상처 받고 아파한다면 곁에는 과연 사람들이 남아 있을까?

이 얼마나 어리석고 후회스러운 행동인가? 앞으로는 자신의 말투가 어떠한지 한번 살펴보자. 따뜻함과 다정함의 정겨움이 묻어나고 있는지. 상대방에게 나의 본 모습이 고스란히 담겨 전해지고 있을까? 말투의 습관, 성격과 표현이 돈독한 신뢰와 믿음의 시작이다.

불완전한
말과 글

글이나 말이 얼마나 불완전한지 나이가 들고 살아가면서 알게 됩니다.

사람들과 만나서 대화를 하다 보면 이해도 하고, 오해도 하고, 사랑도 하고, 싸우기도 하고, 감동하기도 하고, 눈물 흘리기도 하고, 시기도 하고, 질투도 하고, 서운해하기도 하고, 심금을 울리기도 하지요.

아무리 정확한 단어를 골라 쓴다고 해도 백 퍼센트 자기 뜻을 전달하기 어렵고, 듣는 사람도 자신의 수준만큼만 알아들을 수 있습니다. 그래서 언어 때문에 인간이 타락했다고도 합니다.

말없이 느낌으로만 생각을 주고받을 수 있다면 가식과

거짓이나 속임수가 통하지는 않겠지요. 말이 있기 때문에 속으로는 아무리 싫어도 "당신이 좋아!" 하고 말하면 진짜 좋아하는 것처럼 보이는 것이지요.

마음과 정신에 청아함을 더하고 말과 글에 혼을 실어 생각하고 말하렵니다. 내 생각과 말 그리고 행동에서 상처받거나 아파하는 이가 없길 바라며.

말의 힘

'말은 마음의 소리다.'

이런 말이 있을 정도로 말의 중요성은 아무리 강조해도 지나치지 않습니다.

애초부터 보이지도 않는 말을 왜 우리는 이토록 중요하게 생각하게 되었을까요?

말에는 에너지가 있습니다.

우리를 변화시키는 에너지가 말입니다.

내가 어떤 환경에서 어떤 말을 듣는지도 중요하지만, 반대로 내가 하는 말도 중요합니다.

내가 하는 말은 상대방뿐만 아니라 나 자신도 듣고 있기 때문입니다.

패럴림픽 6전 5기의 사나이, 신의현 선수는 "금메달을 따서 꼭 시상식장에 애국가가 울려 퍼지게 하겠다"라고 자기 자신과 약속하였고 매번 죽을 힘을 다해 달렸다고 합니다.

또한, '전쟁터에 나간 심정으로 이거 아니면 죽는다는 각오로 뛰었다'고 합니다.

그가 그렇게 승리할 수 있었던 이유 중 하나는 말에서 긍정의 에너지를 얻었기 때문이 아닐까요? 그런 말을 자신에게 들려줌으로써 에너지를 얻고 실제로 해낼 수 있었던 것이 아닐까 합니다.

말이란 어떻게 어떤 방법으로 어디서, 누구에게 무엇을 위해 어떻게 쓰느냐에 따라 결과물은 천양지차로 다가옵니다.

좋은 말, 고운 말, 힘이 되는 말을 써야 하는 명확한 이유이기도 합니다.

눈을 감고
지금 현재 내 마음 상태를
점검해 보아요.

어떤가요?

기다림에는

기다림에는 이해와 사랑이 필요하다.

나를 돌아보고 그 대상 또한 생각하는 넓고 깊은 큰 이해의 마음 말이다.

반면 조급함과 성급한 판단으로 인한 오해는 버려야 한다.

전화나 사람을 기다리는 일이나 주문한 음식이나 물건을 기다리는 일, 정성 들인 곡식과 과일 채소를 수확하는 일과 계절을 기다리는 일, 계획했던 여행의 날과 서로의 바쁜 일상에서 오랜만에 약속했던 모임을 기다리는 일, 연인과 기약했던 시간과 끝 모를 가뭄 속 단비를 기다리는 일 등, 이 모두 이해와 사랑 없이는 좋은 결과물로 다가올 수 없다.

기다림에 뒤이어 다가올 기쁘고 즐거우며 행복한 시간과 사람들 그리고 마음 한가득 채워질 충만함을 깊게 볼 줄 아는 여유로움의 지혜가 생기길!

눈물 나게 고맙고 반가운 마음, 이해와 여유 그리고 사랑을 담고 있는 그것,

그것이 기다림이다.

사랑과 상처

누군가 이런 얘길 합니다.

'사랑이라 믿었던 것이 사랑이 아니었다'라고 말입니다.

그 사실을 그는 그때의 감정 속에서는 느낄 수 없었고, 그 시기를 지나 평온한 상태에 접어들었을 때 깨달았다고 합니다.

사랑의 본질을 못 본 것이지요.

사랑의 감정에 휩쓸리게 되면 온전히 그 사랑 본연의 실체를 알 수 없게 됩니다.

그 사랑했던 사람이 내 마음속에 들어와서 머물다 간 그 시간에 그는 들어오지도, 나가지도 않았습니다.

사실은 내 안으로 들어오고, 나간 사람은 아무도 없습

니다.

내 마음이 움직인 것뿐입니다.

마음이란 것은 그렇게 어떤 경계를 두기를 좋아합니다.

상처 또한 마찬가지입니다.

상처라 생각했던 것이 성장의 밑거름이었다는 사실을 불현듯 깨닫게 되기도 합니다.

그리고 어디까지가 상처이며 어디까지가 성장인지를 뒤늦게 알게 됩니다.

사랑과 상처는,

내 마음의 요동입니다.

인연의 마음

삶에 있어 인연은 생각지도 않게 언제 어디서건 뜻밖에 찾아온다.

그런 인연은 기나긴 기다림의 끝에 꼭 필요한 사람에게 꼭 필요로 할 때 그 어떤 행운으로 운명처럼 찾아온다.

그리고 그와 나는 필연이 된다.

만나게 되는 사람은 언젠가는 반드시 만나게 되어 있다.

그것이 인연이다.

그중에 정말 좋은 인연은 삶과 사람을 사랑하고 귀히 여기는 마음이 있을 때 불현듯 언제 어디서 어떤 식으로 보석처럼 나타나고 보물처럼 찾아온다.

그래서 항상 마음을 온전한 사랑으로 채워 놓아야 하는

이유이다.

맑고 깨끗한 인연은 보배로운 마음과 사랑이 함께할 때 내 곁에 다가온다는 사실만 기억하자.

사람을 보는
눈과 마음

　사람을 보는 눈과 마음인 지인지감知人知鑑은 사람의 됨됨이를 볼 줄 아는 능력이다. 미래에 이 사람이 훌륭한 사람이 될 것인지 아니면 쓸모없는 사람이 될지를 정확히 파악해 내는 능력을 말한다.

　대통령을, 배우자를, 파트너를 선택하고, 함께할 동료를, 오래도록 지란지교芝蘭之交를 나눌 친구나 벗을 선택하는 등 삶에 있어 선택할 일들은 수없이 많다.

　그런 가운데 지인지감의 안목은 단순하게 얻어지는 것이 아니기에 지식인들이나 학자들도 오판을 많이 한다.

지인지감의 안목을 키우고 얻기 위해서는 어느 정도의 노력과 세상과 자연을 볼 줄 알고, 사람과 삶의 전체를 이해하고 아는 통찰이 필요하다.

너무 멀지도,
너무 가깝지도 않게

불가근불가원 不可近不可遠

'너무 멀지도 않게 그리고 너무 가깝지도 않게 하라'는 뜻이다. 어느 한쪽이 너무 가까이 다가오면 느슨해지고, 어느 한쪽이 너무 멀리 달아나면 끊어지게 된다.

순수한 인간적인 관계 외에 일과 관련된 사회적인 관계에선 어느 정도 팽팽함의 긴장감을 유지하고 있을 때 최적의 상태가 된다.

따라서 좋은 사회적인 관계를 위해서는 서로 간에 적절한 거리를 유지하는 것이 중요하다.

사회적인 관계는 모닥불이나 난로처럼 너무 가깝지도 그리고 너무 멀지도 않아야 한다.

과거 어느 시대에나 그리고 앞으로도 정경유착이 없어지지는 않을 것이다.

비단 정치권과 대기업만의 일이 아니고 우리의 생활 전반에 유착 관계는 엄연하게 존재하고 있다. 유착의 가장 큰 병폐가 바로 불가근불가원하지 못한 데서 터져 나오는 좋지 못한 결과물이 아니겠는가.

뉴스에 나오는 그들을 볼 때면 그렇게 하지 못한 결과의 대가를 치르고 있음에, 그리하여 어리석은 그들의 말로를 보며 나와 주변 그리고 살아가는 삶의 방법이나 모습을 다시금 생각해 보게 된다.

과유불급過猶不及인 중용의 삶을 다시 돌아보며.

침묵은 금이다

'침묵은 금이다.'

이 말은 과묵한 사람이 되라는 뜻이 아니다.

다른 이의 의견을 잘 경청하는 그런 사람이 되라는 의미
이다.

'경청을 잘하면 당신의 귀는 당신을 곤란에 빠뜨리진 않
는다.'라는 말이 있다.

침묵은 인내와 함께 깊어져 경청의 힘 또한 길러 준다.

침묵 속 경청의 힘을 기르면 놀라운 인내력과 집중력에
직관력까지 길러진다.

귀를 기울여 듣는 것에서 그치는 것이 아니라 상대방이
전달하고자 하는 말의 핵심과 그 내면에 깔린 본질까지도

이해하는 것이어야 한다.

　물론 다른 사람들의 말을 무조건 받아들이는 것이 아니라 좋은 의견과 나쁜 의견을 잘 새겨들어 받아들이고, 그것이 왜 좋고 나쁜 의견인지 발안자와 의견을 듣는 자신도 이해할 수 있는 것, 그것이야말로 진정한 경청의 자세이다.

유덕한 사람이
되지 못하더라도

유덕한 사람이라 하면 덕과 덕망이 있어 그를 따르는 사람이 많다는 뜻이다.

보는 데 있어서 똑똑히 볼 것을,

듣는 데 있어서 틀림없이 들을 것을,

얼굴빛은 따뜻하고 부드러우며 온화해야 할 것을,

몸가짐은 바르고 흐트러짐 없어야 할 것을,

말하는 데는 때와 장소, 사람과 분위기에 따라 달리 사용할 것을,

믿지 못할 것이 있으면 물어볼 것을,

일에서는 정성 들여야 할 것을,

화가 날 일이 있을 때는 근심하고 어려운 일이 생길 것을

생각해야 하고, 얻는 것이 있을 때는 당연한지 아닌지를 생각해야 한다.

또한 눈으로는 타인의 흠을 보지 말고, 귀로는 타인의 허물을 듣지 말며, 입으로는 다른 사람의 약점을 말하지 않아야 한다.

딱히 유덕한 사람이 되지 못하더라도 익혀 두고 새겨 두면 좋지 않을까?

그냥 괜찮은 사람이나 좋은 사람으로 남더라도 말이다.

틈과 사이
벌어진 간격

인간은.

나와 가족, 마주한 나와 당신, 마음과 마음, 사랑과 이별, 계절과 계절, 건물과 건물, 점과 선, 글자와 글자, 하늘과 땅, 국경과 국경, 지위 고하, 갑과 을, 많음과 적음, 계층과 계층, 부와 빈곤, 삶과 죽음, 무표정과 웃음, 공감과 반감, 이해와 앎, 행복과 불행 등의 많은 틈과 사이의 간격 속에서 구구절절한 희로애락의 삶을 살아가고 있다.

틈에서 시작해 벌어진 사이의 그 간격들.

그렇지만 그 벌어진 틈을 이해로 메우고, 그 넓어진 사이만큼 배려로 포용하여 그 간격 모두를 사랑으로 품어 좁혀나갈 수 있는 삶을 살아갈 수 있다면 더할 나위 없이 그것으로 충분하리라.

또한 이 모든 것은 내가 하기 나름임을 알기에 오늘도 많이 품을 수 있는 날이 되기를.

오늘 하루도
수고한 당신의 밤은
그 누구의 밤보다
눈부시고 아름답습니다

지친 하루 뒤에 찾아오는
밤은 당신에게 어떤 시간인가요?

내 마음속에서

불문곡직不問曲直 그런 사람.

부담 없고 편해서 속내 다 끄집어내어 개인사나 세상사도 스스럼없이 얘기할 수 있고,

같이 술 한 잔, 차 한 잔도 하고 밥도 먹으며 하얀 이 내보이며 환하게 웃어 보일 수 있는 그런 맘 편한 사람.

그 사람이 당신이고 나이기를.

수많은 사람들 중에 당신에겐 이런 사람이 단 한 명이라도 있는지요?

없다면 오늘이라도 당장 그런 사람을 곁에 두시길 바랍니다.

잘 살펴보고 '아! 저 사람이라면?' 하는 느낌표가 떠오르

는 이에게 진심을 나눠 보세요.

나이, 성별, 학력, 경제력, 지위 고하 불문곡직하고 만나
줄 사람이라면.

그 사람은 늘 당신 곁에 있을 친구이자 멘토가 되어 줄
것입니다.

당신 또한 누군가에게 그러한 이가 되어 주길!

무언의 교감 속
소통에는

클래식 공연 중 특히 협연이나 오케스트라 연주에서 발견하게 되는 장면이 있습니다.

연주가 시작되고 끝날 때까지 그들은 서로에게 준비가 되었음을 알립니다.

아무런 말을 하지 않고 때로는 눈빛으로, 때로는 고갯짓으로, 때로는 손짓과 호흡으로 그렇게 무언의 대화를 나누고 있었습니다.

그런 무언의 대화 속에서 연주는 아름답게 끝이 납니다.

그들이 얼마나 많은 연습을 통해 교감을 나누고, 맞춰가며 연주했을지 그들만의 언어 속에서 또 다른 열정과 아름다운 연주의 하모니를 느낄 수 있습니다.

주변에도 말없이 교감이 통하는 그런 친구가, 가족이, 동료가, 스승이 있습니다.

많은 세월 속, 시간 속, 대화 속에서 믿음과 신뢰가 돈독했기에 가능했을 일입니다.

나를 믿듯이 그를 믿으면 신뢰할 수 있고, 교감할 수 있으며 말 없는 대화를 할 수 있게 되는 것, 이런 것이야말로 진정한 소통이 아닐까요.

관계 맺기

어제도, 오늘도, 내일도 그렇게 매일 그 누군가와 관계를 맺고 관계에 얽혀 살아갑니다.

그렇다면 당신은 어떠한 관계 맺기를 하며 살아가고 있는지요.

그 관계 맺기에서 어떠한 마음을 가지고 대하는지요.

가식적이지는 않은지요. 진실하게 대하는지요.

이도 저도 아니면 어쩔 수 없이 그냥 섞이고, 겹치곤 하는지요.

스스로 물어볼 필요가 있습니다.

그 관계 속에는 이로운 사람과 해로운 사람이 함께하기 때문입니다.

관계의 연속성과 지속성으로 봤을 때 적절한 조절 또한 필요합니다.

마구잡이식 관계, 자신의 이익만을 추구하는 관계, 이용과 배신의 관계, 치명적 사건의 연루 관계 등이 함께하기 때문입니다.

만나서 관계가 돈독해진 뒤의 상황까지도 고려해야 함을 마음에 새겨야 합니다.

세상엔 천사 같은 사람이 많지만, 반면 악마 같은 사람도 많습니다.

천사와 악마는 늘 공존합니다.

나쁜 관계로 인해 스트레스받고, 우울해하고, 싸우며 죽네 사네 하기도 합니다.

한 사람 이상의 운명까지도 바꿀 수 있는 관계 맺음에 진실함과 진중함, 그리고 적절한 조율이 필요한 이유입니다.

때론 불가근불가원의 관계도 필요한 것을 보면 말입니다.

다만 진실한 관계나 믿음과 신뢰를 바탕으로 한 꾸준한 관계를 위해서는 사랑과 정성을 쏟아야 한다는 사실만큼은 잊지 말기를.

너나들이를
꿈꾸며

고단하고 힘든 날, 마음으로 다가가 살며시 등을 토닥거
려 주는 다정한 사람.

홀로의 고독을 느끼기 싫어 그냥 같이 떠나서 풍경도,
음식도 편안하게 나눌 수 있는 사람.

포근하고 따뜻한 미소와 웃음으로 잔잔하게 가슴 깊이
스며들어 그 내음이 전해지는 사람.

내가 걷는 삶의 길 위에서 평생을 함께 걷고 싶은 사람.

기도로서도 채워지지 않는 허약한 부분을 달래 주고 아
껴 줄 수 있는 마음이 넓은 사람.

상대의 허물을 덮어 주고 부족함을 애정의 눈길로 지켜
봐 주는 사람.

인생의 여정을 함께 나누며 삶을 사랑하고 사람과 사랑을 귀히 여기는 사람.

세상과 사람을 바라보는 시선이 따뜻한 사람.

그래서 어느 그리운 이의 마음에 오래도록 배겨 있어 떠오르는 은근한 향기로 남고 싶다.

살아가면서 우리는 가끔씩 가까운 사람에게 소홀할 때가 있다. 반면에 소홀함을 느낄 때도 있다.

가까워서 더 쉽게 말하고, 쉽게 행동할 때도 있다.

나의 감정 표출이 쉬울 때도 있고, 잘못에 대한 지적일지라도 너무 쉽게 상처 줄 때도 있다.

가까이 지내고 있다는 것은 그 사람과 함께한 시간이나 서로가 공감하는 것들이 있었기 때문이 아닐는지.

그 시간들이 이 관계를 너무나도 당연하게 만들어 버렸을 수도 있다.

당연한 관계라는 것이 어디 있겠는가?

그런데 당연하게 생각할 만큼 소중하고, 옆에 계속 있을 것 같은 그런 관계가 된 것이다.

가깝기 때문에 서로의 연약함이나 허물, 약점을 더 잘알고 있다고 그것을 말하는 것이 아니라 더 덮어 주고, 더 사랑하며 더 위해 주고 서로에게 더 관심을 가진다면 그들의 관계가 정말 소중하고 가까운 것임을 누가 봐도 알 것이다.

말하지 않아도 되는, 말하지 않아도 아는 가까운 사람이구나, 서로를 아끼는구나, 서로를 소중하다고 생각하는구나.

이런 것이 너나들이의 관계이다.

내가 아는 모두와 너나들이하며 살았으면 좋겠다.

기대고
산다는 것

종교, 권력, 돈, 가족, 사랑 등
인간은 어딘가에는 기대며 살아가는 것 같다.
기대고 사는 것이 어디 그뿐이랴.
일상에서도 수많은 사람들에 기대어 살아간다.
내가 건네는 인사는 타인을 향한 것이고, 내가 사랑하는
사람도 나 아닌 타인이다.
나를 울게 하는 사람도 타인이며, 나를 웃게 하는 사람
도 타인이다.
사람이 사람에게 비스듬히 기댄다는 것은 그의 마음에
내 마음이 스며들고 젖어드는 일이다.
그가 슬프면 내 마음에도 슬픔이 번지고,

그가 웃으면 내 마음에도 기쁨이 퍼진다.

서로서로 기대고 산다는 것.

그것이 바로 인연이 아닐는지.

그 인연의 언덕은 어느 날은 흐리고 비도 내리며 또 어떤 날은 화창하게 맑을 것이다.

흐리면 흐린 대로, 개면 갠 대로 그에게 위로가 되고 기쁨이 되어 주는 것.

사람 인人자에서 알 수 있듯 서로 기대고 살아가는 인연의 덕목이 아닐는지.

서로 사랑하며 기대며 살아가면 좋겠다.

다름의 인정과
또 다른 배움

어떤 공연이나 영화 등을 보고 나오게 되면 사람마다의 느낌은 제각각임을 알 수 있다.

서로가 살아온 환경과 배경 그리고 살아오면서 배운 지식과 경험의 깊이와 넓이 등에서 생각하고 느끼며 받아들이는 정도가 다를 수밖에 없기 때문이다.

그래서 어떠한 장면을 보더라도 누구는 울고, 누구는 슬프고, 누구는 별 반응이 없기도 하는 것이다.

나는 이러해서 그는 그러해서 다른 것이다.

너는 그러니 나는 이런데.

너는 그렇게 생각하는구나.

나는 이렇게 생각하는데.

다름은 내가 지니거나 느끼지 못하는 것에서의 또 다른 배움의 기회이며 감사함이다.

이렇게 생각하면 타인의 마음을 이해하고, 공감하며, 소통하는데 도움이 되지 않을까?

믿어 주는
단 한 사람

'누군가 날 알아주는 사람이 한 사람만 있어도 내가 더 나은 사람이 될 텐데'라는 마음을 가져본 적 있나요.

누군가 단 한 사람이라도 '내가 잘 해낼 수 있다고 믿어 주고, 용기를 주는 이가 있었으면 하는 마음'입니다.

'믿을 수 있는 것이 있어서가 아니라 믿을 것이 없어도 나는 당신을 믿습니다'라는 마음이지요.

나무를 보며 이 자리에 꽃이 필 것이라는 믿음을 주는 것.

그러면 그 자리에 정말 꽃이 핀다는 믿음을 바라는 것이 겠지요.

믿는 데는 돈이 들지 않습니다.

오늘 직장에서, 가정에서, 모임에서 등 만나는 사람들에게 믿음을 가져 보세요.

그들이 잘 해낼 수 있는 사람이라고, 변화의 힘을 갖고 있다고, 나는 그저 그 힘이 저절로 나올 수 있게 살짝 도와 주는 사람일 뿐이라고 생각해 보세요.

비록 그렇지 않다고 해도 어떻습니까?

지금 내가 할 수 있는 최선은 그들을 믿어 주는 것이니까요.

믿음은 돈독한 사이의 밑거름입니다.

세상과 사람을
풍경 보듯이

"세상 풍경, 그리고 내 마음의 풍경을 바라보다."

어떤 작가의 책 뒤표지에 있던 글귀입니다.

이 글을 읽으며 이런 생각을 했습니다.

'앞으로는 사람과 세상을 풍경을 보듯 하자.'

우리가 풍경을 볼 때 어떤가요.

거기엔 아무런 사심이 없습니다.

그냥 '아름답다! 멋지다!'라고 감탄할 따름입니다.

풍경을 바라보듯 세상을 대하고, 사람을 대한다면 어떨까요?

적어도 사람으로 인한 상처는 받지 않을 것입니다.

더 늦거나 이른 것은 없습니다.

풍경 보듯 나를 바라보는

시간을 가져 보면 어떨까요?

사랑을
스케치하다

그림은 그릴 때 기본적으로 스케치부터 시작합니다.

그리고 색을 입혀서 완성하지요.

단순한 듯 보이지요?

사랑 또한 마찬가지입니다.

두 사람이 만나 사랑을 키워갑니다.

그 두 사람은 조금씩 사랑을 완성해 갑니다.

비슷하지 않은지요?

스케치도 지우고 다시 그리고를 반복하는 과정에서 가
장 좋은 밑그림이 그린 이의 마음에 들어야 비로소 색을
입혀 그림을 완성할 수 있습니다. 사랑도 여러 우여곡절을
겪으면서 진정한 사랑을 만들어 갈 수 있습니다.

그림도, 사랑도 오래도록 진심을 담아 공을 들여 애정을 담아 스케치를 해서 아름다운 색을 입혀 하나의 멋스러운 작품이 완성되는 것입니다.

색을 입히는 과정은 두 사람이 알콩달콩 함께하는 모든 경험과 추억들이겠지요.

얼마나 멋진 작품이 나오느냐는 결국 두 사람의 행복지수가 어느 정도로 높은가에 따라 달라지겠지요.

그리고 지우며, 다시 완성해 가는 그림처럼 그렇게 그 어떤 사랑 하나씩 그려 나갔으면 합니다.

중용적 관용의
자세

인간은 자신의 의도와는 다르게 잘못도, 실수도 한다.

그런 인식에서 발호하는 관용은 타인의 잘못과 허물을 크고 넓은 마음으로 용서와 포용으로, 아량과 관용으로 받아들임이다.

죄는 미워하되 사람은 미워하지 말라는 격언도 있듯이, 완생의 삶을 살지 못하는 미흡한 미생의 인간이기에 때론 나도, 너도, 우리 모두 다 불가피한 실수와 잘못 또는 크든 작든 죄 아닌 죄를 저지르기도 한다.

타인의 잘못에 대해 관용하며 단점과 아픔도 감싸 안으며 배려와 함께 시기나 질투 미움보다는 사랑을 전하고 나누며 사는 세상이 되었으면 하는 마음이다.

타인의 잘못에 대해 무조건적인 관용은 많은 병패가 있음도 주지의 사실이다.

다만, 오늘 저지른 타인의 잘못이 어제 저지른 내 잘못이었을 수도 있다는 생각을 해 보자. 나와 타인의 차이, 서로의 다름도 존중하며 현재를 살아감에 있어 필요한 미덕의 덕목 중 하나다. 관용의 마음으로 이해하고 베풀며 살아갈 수 있다면 세상은 조금은 더 따뜻하고 살만하지 않을까?

4장

그래도
괜찮은　　인생

당신은
지금 행복합니까

매일 기쁘고 즐겁고 행복하여 웃음이 가득 넘친다면 그보다 더 좋을 수 없겠지만, "나는 지금 행복합니다"라는 대답이 망설여진다고 해서 내가 불행한 것도 아니다.

삶은 행복도 불행도 아닌 어느 중간쯤 머물러 있는 것이다.

행복이라는 것은 지긋한 끈기도 없고 변덕스러워서 한자리에 오래 머물러 있지 않는다.

다만, 행복은 행복해지려고 노력하는 사람을 찾아다닌다.

늘 자포자기의 삶을 사는 사람과 투정과 불만을 달고 사는 사람, 정직하지 않은 사람과 아무런 노력도 없이 그늘지고 어두운 사람에게 행복은 다가가지 않는다.

‘어제는 행복했는데 오늘은 왜 이러지? 행복해져야 하는데?’ 하며 자신을 닦달하다 보면 오히려 그만큼 불행해지고 만다.

어제의 내가 모여 오늘의 내가 되듯 오늘의 내 모습을 들여다보면 내일의 내 모습이 그려진다.

행복은 끊임없이 노력하고 만들어 가는 과정 사이사이에 있다. 행복이 잘 보이지 않는다고 실망하지 말고 스스로 만들어서라도 맛보고 느낀다면 행복은 더 자주 찾아올 것이다.

마음은
슬로 모션처럼

마음이 편안할 때는 더 적게 말하고, 생각하며 그저 침묵하게 됩니다.

마음이 편안할 때는 시선이 외부로 향하게 되고, 보이지 않았던 것이 보이며 들리지 않았던 것이 들립니다.

그냥 지나치던 것들이 마치 슬로 모션처럼 느리게 움직이며 더욱 뚜렷하고, 선명하게 보입니다. 아무런 의미를 가지지 않았던 것들이 마치 살아 숨 쉬는 것처럼 말이지요.

이 모든 것들이 홀로 떨어진 객체의 합이 아닌 연결된 주체들의 역동으로 다가옵니다.

이 느낌은 꽤 좋은 기분을 선사합니다.

태풍의 눈처럼 고요하나 외부의 것들은 생명력을 마음 껏 발산하는 것과 흡사합니다.

슬로 모션처럼 늘 편안한 마음가짐을 가지려 해 보세요.

그만큼 행복해집니다.

긍정의 루틴

긍정 루틴은 자신이 평소에 좋아하고, 하고 싶고, 해 보고 싶은 것으로 만들어 궁극에는 행복감을 느낄 수 있게 해 준다.

아울러 긍정 루틴의 핵심은 성취감에 있으니, 구체적으로 실현 가능한 것들로 지금 당장 이루고 싶고, 성취할 수 있는 것들로 채워서 작고 간단한 실천의 행동을 스토리텔링으로 시각화해 만들어 그대로 꾸준히 반복하게 되면 습관으로 이어져 긍정 루틴으로 자리를 잡게 된다.

여기에서 중요한 것은 자기 최면이다.

자신을 굳게 믿고 나는 반드시 할 수 있고 해낼 수 있다는 자신감이 있어야 한다.

그렇게 거창하지 않은 선에서 작은 것부터 이루어 나가면 엄청난 변화를 만날 수 있을 것이다.

1개월부터 1년, 5년, 10년, 30년식으로 계속해서 만들어 가면서 성취감을 맛보게 되면 긍정 루틴은 나 자신이 되어 진행하는 동안 자신의 얼굴엔 기쁨과 즐거움의 웃음이 어깨에는 의욕이 충만하고 발걸음은 룰루랄라 가볍고 신나게 된다.

그렇지만 많은 사람이 작심삼일에 부딪히고 루틴 슬럼프에 빠져 포기하고 만다.

너무 거창하거나 너무 먼 미래의 계획에 지쳐 의지박약과 성공 경험 부재에 멈추거나 주저앉게 된다.

긍정 루틴의 좋은 점은 불필요한 의사 결정의 시간을 줄여 주어 시간 절약과 중요한 일에 시간 에너지를 집중할 수 있게 해 준다.

또한 건강도 유지해 주며, 평범한 사람도 성취 가능한 성공을 맛볼 수 있다.

아울러 내가 좋아하고, 하고 싶고 해 보고 싶은 것들이기에 힘들지 않게 많은 일도 소화해 낼 수 있으며, 빨리 몰입할 수 있는 장점도 있다.

그렇지만 우리는 알아야 한다.

어떤 행동을 꾸준하게 하는 데 드는 시간은 두 달여가 걸린다는 사실을.

긍정 루틴은 의도적, 지속적, 주도적으로 자신만의 길을 만들어 가는 것이고 그렇게 가야 나와 하나가 된다.

동기 부여는 갖는 데에만 있지 않고, 실천하여 긍정 루틴을 내 것으로 만들어 장착하게 되면 실패할 겨를이 없다.

소소한
행복의 크기

'행복은 크고 많은 것에서보다는 작은 것과 적은 곳에서
온다!'

이런 사실을 살아가면서 자연스럽게 알고 있습니다.

소소한 행복 말이지요.

그런데도 조금은 편안하게 살고자 욕심이 생기는 것도
숨길 수 없는 사실입니다.

그 편안함과 안락함에 소소한 것에서의 행복은 소홀히
여기기도 합니다.

그렇지만 향기로운 한 잔의 차를 통해서도 얼마든지 행
복해질 수 있고,

친구와 나눈 따뜻한 이야기와 정다운 미소만으로도 그

날 하루 마음의 양식으로 삼기에 충분합니다.

　많은 것을 차지하고 살면서도 결코 행복할 수 없다면, 인간의 원초적이고 본능적인 욕심만을 쫓아다니는 삶만을 추구하기 때문은 아닐까요?

　따뜻하고 살뜰한 정을 잃어가고 있기 때문은 아닐까요?

　행복은 크고 작고의 차이도, 많고 적고의 차이도 아닙니다.

　'그런데도 행복하다'고 생각하는 그 마음의 크기만큼 찾아옵니다.

　당신의 '행복 마음'의 크기는 어떤가요?

어제는 역사이고
내일은 미스터리이며
오늘은 내게 주어진 선물이니

오늘 하루를 아름답고 뜻 있고
가치 있게 사랑하며 살아야 한다

사심 없는
바라봄

사람을 바라보았다.
꽃과 나무를 바라보았다.
그런 나는 행복해졌다.
사람을 바라본다.
꽃과 나무를 바라본다.
그런 나는 행복하다.
어느 햇볕 따뜻한 봄날에 문득.

그러한
삶이라면

나는 살아가는 내내
맑고 밝은 기억의 길을 걸어가며
아름다운 추억을 만나고 싶다

가는 곳 만나는 사람 누구에게나
건강과 행복 즐거움과 미소를 전하고
만나는 사람 누구에게나 뜨겁게 포옹하고
반갑게 고개 숙여 인사 나누고 싶다

그러한 삶이라면 얼마나 행복한 삶이겠는가
마음의 거침과 행위의 난폭함은

기억 속 어둠에서 오는 것이다
기억이 맑고 밝으며 추억이 아름다운 사람은
마음과 행위 또한 맑고 밝으며 아름다울 테니까

웃음의
복주머니

사람에게서 소중한 보물 중 하나는 웃음입니다.

웃음에는 건강이 담겨 있습니다.

기쁠 때 몸 안팎으로 드러나는 가장 큰 행동 또한 웃음입니다.

그런 우리의 마음속에는 늘 함께하는 '웃음의 복 주머니'가 있습니다.

이것은 오직 나만이 꺼내고 다시 넣을 수 있습니다.

지금 기쁘지 않고 즐겁지 않으며 행복하지 않다면, 자신도 모르게 그 웃음을 꺼내는 일을 잊어버리진 않았는지 살펴보세요.

웃음은 모두를 위한 것이고 그로 인한 기쁨이 바로 행복입니다.

　행복은 누가 만들어 주는 것이 아닙니다.

　바로 나 자신이 만드는 것입니다.

　마음속 웃음의 보약을 꺼내어 보세요!

　밝고 환한, 기쁘고 즐거운 행복이 느껴질 것입니다.

　지금 당장 조금 힘들고 어렵더라도 즐겁고 행복한 시간은 반드시 찾아오리라는 믿음으로.

　오늘도 즐겁게 웃으며 파이팅!

　웃으면 웃을수록 복도 함께 옵니다.

지금 곁에 있기에

당신에게서 한 사람이 다시는 돌아올 수 없는 곳으로 떠난다고 가정해 봅니다.

〈엔딩노트〉처럼 그는 인생을 정리하려 합니다.

그간 살아온 인생이 주마등처럼, 파노라마와 같이 떠오르면서 지나가고 하나둘씩 지워 나갑니다.

그와 결부된 인생 전반을 돌아보며 비통함과 안타까움에 젖어 들었고 뒤늦은 후회는 파도처럼 밀려와 눈물이 되어 떨어집니다.

그는 부모님과 가족, 친구와 벗, 함께 했던 좋은 사람들을 추억 속 기억으로 다시 만나며 희로애증을 풀어 나갑니다.

기뻤고, 슬펐으며, 즐거웠고, 행복했거나 미안했던 일들을 떠올리며 회한의 눈시울을 붉힙니다.

지금 내 곁에 사랑하는 사람이 있고, 나를 사랑하는 이가 있으며, 사랑할 수 있는 그 누군가가 있다면.

그렇게 함께할 수 있는 이가 있다면 세상 그 누구보다 행복한 사람입니다.

사랑을 할 수 있기에 삶은 의미 있고 인생은 더욱 아름다운 게 아닐런지요.

지금 당장 사랑을 하고, 또 나누세요.

삶에서의 최고의 행복은 나와 당신을 비롯한 모두가 사랑하고, 사랑받고 있음을 느낄 때입니다.

끝으로 그는 두 손을 꼭 잡으며 말합니다.

"미안했고, 사랑한다!"라고.

함께할 수 있기에, 사랑할 수 있기에, 지금 곁에 누군가 있기에 행복입니다.

흘러가도록

아픈 기억은
고통의 정도에 비례하여
선명히 기억된다

마음은 내려놓으려 할수록
어지러워지기 마련이다

오늘의 고난이 미래에
어떤 멋진 밑거름이 될지
지금은 알 수 없다

결국 지금의 고통은
어떤 밑거름일지 모른 채
그저 고통스럽다 느낄지라도

이를 돌아보는 미래의 나는
예측할 수 없는 전혀 다른 행복에
젖어 있을지도 모른다

함께하는
당신이 행복

　현재의 삶을 살아가는 것만으로도 나에겐 큰 행복입니다.
　손잡고 어깨동무하는 존재만으로도 큰 행복입니다.
　지금 함께하는 당신을 어루만질 수 없어도 당신과 함께하고 있다는 생각을 할 수만 있어도 행복입니다.
　무엇보다도 지금 나에게 행복한 사람은 이 글과 함께하는 당신입니다.

　소리 없이 조용히 아침을 여는 새벽안개처럼 늘 함께하고 있는 당신의 마음 안으로 나의 고마움과 감사함의 행복이 이슬처럼 내려앉아 젖어 들길 바랍니다.

나지막이 속삭입니다.

"당신으로 인해 내가 행복합니다."

함께하는 마음

어떠한 사랑이든 주고, 받고, 베풀고, 실천한다는 것은 매우 행복한 일임을 몸소 알아가고 있는 요즈음입니다.

그냥 지나쳤거나, 내 일이 아니니 넘어가자고 대수롭지 않게 여겼던 날들이, '지금 내가 누구를 생각할 때야, 내 코가 석 자인데'라고 그렇게 생각하며 지냈던 그간의 시간이 참 바보처럼 느껴집니다.

세상은 혼자 사는 것이 아님을 알면서도 그간 '눈앞의 나만 생각하고 또한 지극히 나만 생각하는 이기적인 삶을 살지 않았나'라는 생각이 듭니다.

세상 모든 고통과 아픔을 어찌할 수는 없겠지만 작은 관심과 마음 손잡아 줄 수 있는 그런 행동과 실천에서 오는 기쁨과 행복을 이제야 느끼고 알아갑니다.

　사랑을 나누고 실천하는 것이 결코 쉽지만은 않지만, 또한 어렵지도 않습니다.

　몸소 실천해 보면 느낄 수가 있습니다.

　그리고 그만큼의 즐거움과 행복이 다가옵니다.

　기부는 내 마음의 반을 나누는 것입니다.

가지려는 삶보다
내어 주는 삶

내가 가진 것이 큰 것이든 작은 것이든 그 안에서 내 것을 하나 더 내어 줌으로써 주변이, 세상이 풍요로워 질 수 있다면 내 기꺼이 그리하리다.

하나를 얻으면 하나를 쪼개어 둘로 나누어 주리다.

그 속에 온전한 사랑이 있음에.

그리하여 더 큰 세상에 씨앗이 되어 뿌리내려 그 사랑의 씨앗이 열매가 되어 더욱더 큰 사랑의 의미를 알고 깨닫기를 바라며 오늘도 그 씨앗 하나 뿌려 본다.

이 아름다운 세상의 삶을 살아가는 그 누군가를 위하여.

그것이 곧
행복이다

내가 가진 것이 얼마나 소중하고 귀한 것이었는지를 깨달으면 알 수 있습니다.

그 가진 것을 알기 위해서는 그것들과 멀리 떨어져 보거나 이별해 보면 알 수 있습니다.

익숙한 것에서 멀어져 보거나 애써 외면해 보면 내가 가지고 있는 것과 내 곁에 있는 것들의 소중함과 귀함을 깨달을 수 있습니다.

등잔 밑이 어둡고, 내 눈의 안경을 보지 못하는 것이 우리 인간입니다.

행복은 역설적이기에 해외 생활이나 며칠 또는 몇 달정도 떠나 있다가 돌아와 보면 그간의 행복했던 것들이 느껴지는 원심력과도 같은 원리입니다.

간단하게는 내 몸이 감옥에 있다고 생각해 보면 내가 지금 얼마나 행복한지, 내 주변의 소중하고 귀한 것이 무엇인지를 바로 알 수 있습니다.

행복은 멀리 있지 않습니다.

내 가까이 내 곁에서 늘 함께하고 있습니다.

내가 가진 것, 내 곁에 있는 모든 것들을 사랑하면 그것이 곧 행복입니다.

기다림의 행복

꽃이 피기를 기다린다
때가 되면 피어날 꽃이지만
수시로 그곳을 찾아가
꽃이 피었는지 확인한다

어찌 보면 꽃을 보는 것보다
꽃이 피기를 기다리는 시간이
더 즐거운 일인지 모르겠다

그대를 기다리는 시간이나
꽃이 피기를 기다리는 시간이 즐거운 것처럼

그대를 기다리는 시간도
즐겁게 들떠서 행복한 이유다

행복은 '그런데도 행복하다'고 생각하는

그 마음의 크기만큼 찾아옵니다.

당신의 '행복 마음'의 크기는 어떤가요?

인간 궁극의 목표, 행복

어느 철학자가 '인간 행위의 종착지는 결국 행복'이라고 말했다. 다만, 이 말에서 경계해야 할 부분이 있다. 바로 강박관념이다.

인간의 궁극적인 목표인 행복은 보이거나 손에 잡히지 않는다. 목표로 하는 행복을 위해 우리는 많은 것을 미루고 버린 채 노력하지만, 행복은 도무지 손에 잡힐 것 같지 않다.

행복으로 가는 길은 왜 이렇게 힘들고 어려울까?
행복은 삶의 최종적인 이유도 목적도 종착지도 아닌, 단지 생존과 삶을 위해 필요한 정신적인 도구다.

긍정적인 감정을 많이 경험하면 행복하고, 부정적인 감정을 많이 경험하면 불행하다.

맹수를 보면 두려워 도망치고, 맛있는 음식을 먹으면 행복감에 다시 음식을 찾듯이 행복해지는 것은 과정 속에 있음을 알 수 있다.

행복을 좇는 사람들의 대부분은 돈, 권력, 명예, 건강만 있으면 행복하다는 착각을 하곤 한다. 행복은 많이 갖는 것에, 많이 아는 것에, 많이 있는 것에 있지 않다. 행복의 필수 요건 중 하나는 현재의 감정에 충실히, 적절히 대응하는 것이다.

행복은 이상적인 가치가 아니라 본질적인 감정의 경험이다.

아침밥은 출근해서 일하기 위해 먹고, 출근하는 이유는 돈을 벌기 위해서고, 돈을 버는 이유는 그 돈으로 행복하게 살기 위해 버는 것이며, 행복은 그 과정과 여정 속에서 만들어 가고 느끼는 것이다.

행복은 기다림 끝에 성취해야 할 목표가 아니라 삶의 과정과 여정 속에서 얻는 달콤함과 즐거움에 있다. 그것을 아는 순간, 우리는 더 많이 행복해질 수 있다.

꽃을 피우는
마음으로

아침과 점심 그리고 저녁.

일과 쉼 그리고 잠.

매일 만나는 하루 세 번의 우리 삶이다.

그 속에서 사람, 음식, 책, 사랑, 술, 배움, 일, 벌이, 커피, 음악, 쉼, 자연, 살이, 원망, 여행, 배신, 사기, 정, 가족, 친구, 돈, 미련, 연민, 애정, 나눔, 봉사, 통곡, 꿈, 희망, 싸움, 병, 회한, 기쁨, 죽음, 탄생, 환호, 향기, 걱정, 탄식, 운동, 슬픔, 이별, 고통, 화, 눈물 등과 함께한다.

이렇게 한 사람이 겪는, 하루에 만나고 접하는 것들이 제각각 켜켜이 쌓이고 쌓여서 하루로, 세월이라는 거대한 시간의 블랙홀 속으로 빨려 들어 삶이 완성되어 가는 것이다.

때로는 '도대체 얼마나 많은 것들로 채워져야 삶이 완성되는 것일까?'라는 생각도 해 보게 된다.

그러나 시간이 한없이 긴 것 같기도 하지만 일순간 돌아서 보면 눈 깜빡임의 순식간이다.

문득, 돌아보면 자신도 모르게 나이든 모습을 보게 되듯이.

희끗희끗 보이는 흰 머리카락.

나이테처럼 잔잔히 새겨진 주름.

불러온 배와 늘어진 살.

숨차하는 체력과 깜박하는 기억과 생각.

어디론가 돌아오지 않을 먼 길을 떠나는 사람의 뒷모습도 만나게 된다.

하루를 살더라도 의미가 있어야 하지 않을까?

생각을 많이 하고, 하루를 사흘처럼 보내듯이, 어떻게 살았느냐에 따라 사람마다 느끼는 삶의 시간은 달라진다.

나를 흔들어 깨우듯 늘 새롭고 신선한 생각과 생활의 습관들로 채워나가는 것이 건강한 삶에 있어 매우 중요하다.

자신의 삶 속에 자신이 들어있지 않으면 진정한 시간도,

삶도 아니다.

　하루를 살더라도 꽃을 피우는 마음으로 살면 그것이 행
복이다.

머물지 않는

감정은 일시적입니다.

그런 감정들은 인간이 맞이하고 대처하며 다스릴 수 있고요.

소나기를 피하듯 잠시 피하면 되는 것입니다.

특히 분노와 화는 몇 분 안에 지나가는 것입니다.

그런데 지속되는 이유는 가만히 놓아두고 지나가도록 잠시 숨 고르기를 하면 되는데 굳이 그것을, 상황을, 사람을, 말과 행동을 떠올리기 때문입니다.

확대 재생산하여 부풀어 올라 결국엔 풍선처럼 터져버리게 되는 것이지요.

문제는 그것에 대해 생각하기 때문에 감정이 계속해서

나를 괴롭히게 되며, 자꾸만 그런 생각을 지속해서 반복하면 습관이 되고 반복되는 것입니다.

생각에서 머물지 않으면 됩니다.
흘러가듯 내버려 두세요.
이미 지난 일이니 잊으라는 말은 굳이 생각하지 말라는 뜻입니다.
긍정적인 생각과 사고로의 전환이 필요합니다.
즐거워하고 좋아하는 것을 찾아 바로 실행해 보면 이전의 상황과 생각 그리고 감정은 이미 떠나버린 기차입니다.
잊어버리고 지운 상황에서 즐거워하고 행복해지는 것을 하면 마음은 고요하게 자리 잡게 됩니다.

분노와 화를 잘 다스리는 길은 그 감정에 머물지 않고 자연스럽게 흘려보내는 것입니다.

울음과
고통 뒤에

울음 뒤에 웃음이 찾아오고
고통 뒤에 행복이 찾아오고

고단하고 외롭고 퍽퍽하고
지치고 쓸쓸하고 헛헛하더라도
잊지 말자

웃음은 울음 뒤에 배우고
행복은 고통 뒤에
더 크게 다가오고 찾아온다

그리고 죽을 때까지 함께한다
삶이 그렇다

한 뼘 더 행복

당신이 만일 지금 절망에 빠져 있다면
시련이 왔다고 좌절하기보다는
도전하고 일어설 기회가 왔다고
내일 더 크게 웃기 위해
내일 더 기쁘기 위해
내일 더 즐겁기 위해
내일 더 행복하기 위해
내일 더 성장하기 위해

내일 더 성찰하기 위해
오늘 잠시 힘든 거라고

시련도 좌절도 기쁨도 행복도
삶의 과정 속 순간이기에

이 순간 최선을 다하여
한 뼘 더 성장한 모습이라면
그걸로 족하는 마음이라면
당신의 내일은 절망과 좌절의 시련만큼
행복할 것입니다

행복해지기로

옛말에 '몸은 부릴 수 있어도 마음은 부릴 수 없다'고 했다.

몸은 마음에 의해 움직이니 마음을 잘 다스리면 몸은 저절로 따라오게 되어 있다.

사람들에게 기분부전장애나 우울증, 불안 장애와 같은 마음병이 많은 것에는 여러 이유가 있겠지만 늘 비슷하거나 같은 생활의 테두리 안에서 움직이기 때문일 가능성이 높다.

다람쥐 쳇바퀴 돌 듯하니 늘 그런 마음의 병을 달고 살고 약물치료며 심리 상담을 받아도 그때뿐인 것이다.

마음도 잘 들여다보며 현재의 생활 패턴과 만나는 사람, 움직이는 동선을 긍정적이며 희망적인, 관계적이며 자연적인 방향으로 삶의 기준점을 바꿔서 생활할 필요가 있다.

인간은 환경의 동물이다.

열심히 일한 뒤 떠나는 여행지에서의 힐링이 환경 변화의 중요성을 알려 준다.

떠난 여행지에서는 마음의 병이 없다.

우리 뇌는 집중하는 것을 이뤄 낸다.

우울하다는 생각을, 죽고싶다는 생각을 하기 전에 행복해지려는 이유와 행복한 생각을 해야 한다.

이렇게 다짐해 보자.

나 자신을 보다 귀하고 소중하게 대할 것이고, 긍정적인 생각을 가질 것이며, 희망을 생각할 것이다.

내 몸과 마음의 주인은 나이고, 그런 나는 행복해지기로 했다.

나의   아름다운 내일에게

펴낸날   초판 1쇄 2022년 12월 9일
　　　　　2쇄 2022년 12월 23일

지은이   김유영

펴낸이   강진수
편 집   김은숙, 김어연
디자인   임수현

인 쇄   (주)사피엔스컬처

펴낸곳   (주)북스고   **출판등록**   제2017-000136호 2017년 11월 23일
주 소   서울시 중구 서소문로 116 유원빌딩 1511호
전 화   (02) 6403-0042   **팩 스**   (02) 6499-1053

ISBN   979-11-6760-039-4   03810

책 출간을 원하시는 분은 이메일 booksgo@naver.com로 간단한 개요와 취지, 연락처 등을 보내주세요.
Booksgo는 건강하고 행복한 삶을 위한 가치 있는 콘텐츠를 만듭니다.